火車經過星河邊

石德華 著

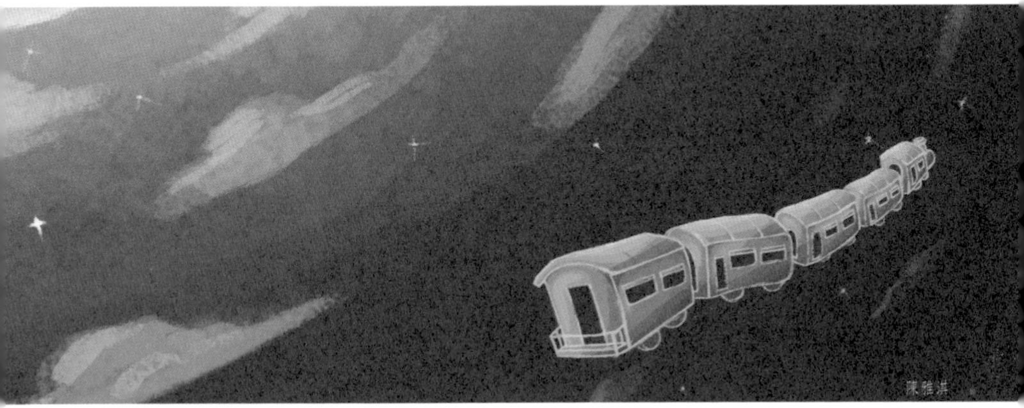

晨星出版

CONTNETS

卷二・常經

卷三・曾經

卷四、行經

卷五・我的小心經

〔推薦序〕

仍在書寫，讀與寫是吐納呼吸

——石德華江也依悉，山也依悉

林少雯

認識德華，有三十年了。這個美麗的女子，有蓬鬆的長髮，皮膚白皙，總是保持著笑容，說話客氣，有點特立獨行，寫散文，在高中教國文。

三十年，看到她從一位年輕的老師，到現在當心滿意足的阿嬤。她金孫的阿公，是牆上的一張照片，那種痛，在她文字的敘述中，也淡化成為一種幽微的情思。去年跟德華有了近距離的接觸，見她依然年輕，依然一頭蓬鬆長髮，依然優雅美麗和笑容可掬，似乎歲月特別厚待她。

恭喜德華出新書《火車經過星河邊》。她說：「我讓這本書的書名聯結了火車與星星……長大他自然會懂得離去與死亡，長更大，他會懂每顆星星上面都有一朵花。」從書的伊始到書中片段，都能看到她跟金孫一起看世界。

文如其人，德華的文字乾淨俐落。聽她講話、笑聲，見她眼神，總煥發出內在的一種富足。文字的細膩，也是德華散文的特色。她描寫便利商店的便利，讓人覺得真的很便利。也讓我想起豐子愷對嗑瓜子的描寫。真是十足的讓人佩服到心坎裡。文學的美在表現生活，生活裡的種種，最感人。

德華寫母親也令人淚崩「那兩年母親狀況多，常常我星夜開車回彰化處理突發的事，翻越銀行山的時候，總忍不住踩足油門加速馳駛。母親過世後，有一次我又夜晚車行銀行山，熟悉的寶藍的天黑了的樹暗了的路，我習慣性踩油門飆馳，突然想起猛然放開油門，趕什麼呢？母親都不在了，然後，在夜晚的山頭停下車，淚下如雨。」這是怎樣一種刻骨銘心。

生活總在文字間悄悄透露。在星巴克「那窗邊是我幾乎每晚報到的地方，一個人，幾冊書，一個小筆電，一窗夜的流麗紅塵，一杯拿鐵咖啡。十點半，回家。」德華的生活如是愜意，如此靜美。

「我愛這城、愛行走、愛讀書、愛寫作、愛家人、愛暖意的人事，也愛孤獨。」看到德華對紅塵俗世的眷戀和若即若離，那可以隨心情抽離的情境，令生活更自在，世間也更美。寫作是孤獨的，同為寫作人最懂這份心。

德華對流光歲月，對往昔年少痴狂，寫下了「生命一轉個角度就回不了頭……過去了。夢不夢，圓不圓，其實也都短暫而不真實……什麼都會過去，無前，無後，就這一刻。」我看到學佛後德華的成熟韻味和活在當下的覺悟。她說謝謝。這些年，你愛我們這麼多。她述說的是生命都該是一連串感恩。

在〈最後的故事〉裡，德華談到死亡，她寫悲傷不是存在與消失，是記憶的方式，在那按鈕。這是深層的領略。

在《深夜加油站遇見蘇格拉底》的影片中，她看到佛理四處流動穿透，那是禪心禪意。她體會到「最美好無上的相遇是，與自己的覺心、佛性相遇。」、「只要自己的塵垢滌淨，覺性就升起。」那是自我內在探索，是一層又一層的修鍊引領。

從校園勵志到生活抒情，從繁花似錦到綠樹蒼蒼，德華的人生際遇不同了，對題材的處理也有所不同，連風格也不會相同。這是德華對自己寫過的文字，行過的歲月的感悟。

德華不會停筆，年歲增長會有更不凡的證悟。她說：「我深切扣問生死，渴望明白，《心經》就這樣來到我的每一天……佛法，讓我在生活上多一種選擇。」

最後德華說，我絕不會忘記，要對今生所有的美好遇合，虔敬凝目，斂眉合十。

這篇文字不是序，是我閱讀德華新書的感悟，與喜愛德華的讀者分享。

〔推薦序〕眞愛一女子

楊錦郁

石德華的散文經過了一些重要文學獎的肯定。

她出身中文系，加上身為國文教師，長年浸淫古典文學，讓她的文字有一股詩意般的漂亮文氣，套用她在本書中出現過數次的形容——有種「流金」感。這種宛如文字魔術師，點石成金的功力，不是一朝一夕可以練就的，正因為有這樣的基本功，所以再尋常的元素，被她一寫就，都變成極迷人的意象，如：

那是綠衣雲雀初曉山崗鳴暢翔飛的活潑日子。〈十三〉

潤如酥油的夜的春雨，飄面不寒。〈春夜雨潤〉

那些遺落的關於青春的難以細數的種種，傾圯牆隙敗草苔深的一只沉默箱子，安靜收藏桃樹燦爛月光的夜晚，那人走近的心跳，流金一般嫵媚無匹的華美。〈這些年，你愛我們這麼多〉

池裡粼粼波光晃漾，被陽光打映在暗褐樹枝上，明滅流動如走電。〈CL〉

這般豐美的句子，貫穿全書，讀來讓人感受到文字之美及作者深厚的文學涵養。

除了文字功力外，德華多元廣泛的閱讀，讀書、讀電影和戲劇，也讓她的散文有了扎實的內容和骨架，我們常說「文如其人」，這個詞用來檢視散文創作者更準確，畢竟散文這個文體是非虛構，也更貼近作者的自性。在這本書中，我們讀到她寫《紅樓夢》、《小王子》、《深夜加油站遇見蘇格拉底》、寫蘇東坡、三島由紀夫、郭強生，乃至紅塵之外的六祖惠能、虛雲和尚、弘一大師等，都十分深刻。

身為散文作家，要深化創作的內涵，閱讀當然是一個重要的途徑，除此生活的歷練也不可或缺。在象牙塔中是很難有動人的作品。德華讀書更讀生活和人。收錄在本書中的五個輯子正是她在這方面的折射。

〈卷一日經〉寫的是日常生活，孫子帶給她的歡樂、親情之間的互動、尋常日子的吉光片羽、在星巴克或便利商店裡的一個人的咖啡，有滋有味的。

〈卷二常經〉寫人以及一些有創意、善心的社會團體，如「畫話協會」的蔡啓海老師、出入九二一震區的惠中寺住持覺居法師、〈阿嬷有約〉裡愛心熱情源源的阿嬷、〈螢火蟲〉裡關懷弱勢學生，實踐助學計畫的年輕女子。透過德華的筆下，讓讀者看到了人間善美的一面。我以為擁有同樣心眼的人才能捕捉到他人的這一份大愛。

〈卷三曾經〉寫在彰化的歲月，那是德華生命中的太平盛世，任教於最好的彰化中學；擅於寫作，以〈校外有藍天〉別出一格的清新，累積文名；身邊有母親的疼愛，丈夫的呵護和女兒的承歡，如她所說的流金般的歲月。

〈卷四行經〉是旅行途中的感悟。對於散文作家而言，要深化自己的內涵，除了前述閱讀、生活歷練，旅行能擴大視野，尤其是孤獨的行旅，因為在孤獨時刻，才有機會內觀自我的心境或情緒起伏，獨立的德華當然明白這點，所以她說在和旅伴同行之後，她必須要有自己獨處的時間，同為寫作人，這點我深有同感。

至於〈卷三曾經〉及〈卷五我的小心經〉，處理的是生命中深刻的議題：生病、安寧照護、死亡，還有靈性、修行。面對摯愛丈夫的離世，德華寫到這部分，文字情感都很節制，但我卻讀得心疼，從本書的題目「星河」寓意丈夫目前的所在，到全書的結尾「真愛陽冥無屆，始終注入我生命，給我無比壯大的力量，我一個軀體載兩個人的靈魂」。愛苦、愛別離苦。

聰慧的德華藉寫作必將找到從中釋放的自己。

〔自序〕火車經過星河邊

石德華

第一站

有個小男孩來到我的生活裡，他性子急又敏感，天蠍座。當他襁褓中，我就常告訴他：「性子急，將來會吃虧。」也想著自己一生天蠍，難免有比別看得見的還要多一些的辛苦，所以我疼愛他到他爸媽都說太寵啦！我總是想，我一定是世上最了解他的人。這小男孩現在二歲多了，我金孫。

他是火車控，看見普悠瑪會尖叫，糾正我這是莒光號不是自強號，你和他一起打開火車圖書，翻到光華號和復興號，他會指著告訴你：「現在已經沒有了。」

從小我就抱他認識書房那幀放大照片，告訴他：「這是阿公。」他學走路了，每次進我家門，我就說：「去跟阿公三鞠躬。」現在很皮又愛玩，有時得我輕按他的頭。有一次帶他散步，忘了話頭如何，是我隨口說了一句：「阿公對阿嬤很好喔！」

他小眼睛很認真的看著我問：「那阿公去哪裡了？」

突如其來又高難度喲，該怎樣回答這二歲小兒？

阿嬤畢竟是練家子，念一轉告訴他：「阿公在星星上面。」

這小男孩平日藍天藍、白雲白慣了，會抬頭找月亮，月亮有時是眉毛、有時是眼睛、有時是球球，有時還會是「小時不識月，呼做白玉盤」，他尤其會驚呼：「星星！」都市光害，通常月亮旁邊只有一顆極小的星星，你呼應他後，有時他還會告訴你那不定睛看不到的更小的那顆：「你看，還有一顆！」

於是，我讓這本書的書名聯結了火車與星星。像這些日子我們三人不同形式的相依。

長大他自然會懂得離去與死亡，長更大，他會懂每顆星星上面都有一朵花。

第二站

蔣勳大病一場痊癒後，說喜歡寫散文是因為能當簡單的自己；王定國比較不喜歡寫散文的原因是，散文太透明，無處閃躲。

我寫散文沒其他理由，生活在我眼前，情思在我腦中，文字在我心底，滿到自然會從我的七竅流出。散文很近，如魄與魂。

一本本散文就是我一段一段的斷代史，一路疊成我的第十本散文。這本散文集收錄我的二〇一五年之後，而這段歲月真是我生命歷程最特殊的小史冊，我生活的悠和抒情曲陡然變奏成急拍進行曲。

每一天都過得很紮實匆忙，但我總是看見掙扎從疲憊中起身的自己，仍要再去讀些什麼寫些什麼，而在讀些什麼寫些什麼的時候，我是那麼的安靜滿足。

大家都說，你又多了孫子的題材可以寫了，但我不能，我身上有開關，啪，啪，阿嬤，啪，寫作。生活著，過著普通的日子，我書寫時，才是作家。

更何況，一個滿愛小孩的成長經驗，我是經歷過的。那時我和丈夫一心愛著我們的女兒，一篇篇寫著我們親愛的故事，但生命真正的難題，總得自己去承擔，到那時候如何的一樁樁幸福被愛的往事也無實質的幫助力量，愛是無形的籠罩浸潤，只要知道自己在愛中長大，是那愛本身所產生的汩汩不絕的力量，才足以去因應生命中每一種可能的考驗。記憶的存在，是無形的空氣，不必是一樁樁物件。

我想，這終究是我自己看待生命的空間向度有所不同了。

第三站

很多人上過我的散文課，但我真正想說的是，散文課沒能真正讓你提筆寫作，它只能鼓勵你提筆寫作。詩人林德俊說的：「敢寫比能寫更重要。」做中學，只有此途，然後，終生都處在讀寫的生活狀態中。

對我而言，不是講題、不是理論，也不是高調，文學是我的生活習慣了，過著平凡生活，但我閱讀、觀察、記憶、思考、敏感、專注，我每天都有自我安靜的時空。

但這本散文集在每卷最後，還是加了〈散文微講堂〉，因為懂得你對書寫的情怯，就以現有篇章當範文，淺說散文誕生的基本工夫，你可以想像，你在座，正在上我的散文課，而你想寫作的心被鼓動如迎風的帆，然後起航。

全書以〈日經〉、〈常經〉、〈曾經〉、〈行經〉、〈我的小心經〉分卷。閱讀，不是用來看作者，而是透過作者看，我的生活和你在同溫層而已，我想，你看的應該是，怎樣的心眼，能使平淡的日常，逸發情與味？

特別推薦我的馬祖書寫，在馬祖那十天，我的感知全開如有神助。至於〈我的小心經〉，初稿寫於六年前，那一段抄寫以及誦讀《心經》才能穩住自己的日子，當時的微悟，透過《深夜加油站遇見蘇格拉底》這部影片的觸發，逐漸清晰了我這六年以迄終生的生活主調，六年後的今天，我重讀、修潤，感覺字字行行都仍是我生命的至珍貴。

第四站

讀著寫著總比不讀不寫吃力辛苦，作家其實是嚴苛的工作，必須遠離一些逸樂的誘惑。

即便讀寫是我的生活習慣，但沒有人硬性規定我非怎樣不可，所以我總是備妥所有心情及環境，才開始動筆，或者，花更長的時間等待備妥所有心情及環境。

但這一年來，我要求自己每二週完成一篇散文，Mail給人間福報副刊，絕非我心態扭轉振作奮發了起來，而是總能聽說有人在剪報、有人在讚嘆，更明白著這世上有人在等待刊發我的稿子，我決心要讓我的精進，與所受的讚語敦勵齊高，這份決心也意外讓我察覺自己想寫可寫的題材竟然這麼多，如果沒有這樁等待，我會不會錯失太多的美好？

謹以此書特別感謝人間福報副刊編輯覺涵法師。

卷一・日經

圖／石德華攝於臺中

便利商店

我孫一歲多小兒學語，「Eleven」、「Family」含糊成一團，「叮咚」就清脆爽利。我與便利商店之間就像這樣。

之前我一點都沒注意，大約知道便利商店是做什麼的，久了也當是沒相涉的一個含糊街景，像山嵐之於山，存在或消失都不會有一點驚動。之前，指的是天天黃昏就回家，一家人聚在一盞燈光下，吃著簡單料理或買來的便當的那些年光。

後來，黃昏回家的程式改寫了，它就漸漸浮凸於我的生活，成為叮咚叮咚個不停的立體雕刻。

提供便利，真的。

繳管理費、各種卡費、停車費、罰單，買高鐵車票、兼劃位的戲票、取書、寄宅急便、臨時買紅包、透明黑點點雨傘……，家裡傳真機壞了、列表機墨色不足，都不必等年輕人下了班前來解救，穿上外套，趿雙夾腳拖，走到街角，開口說一二句話，就能夠順利完成，噗噗拍二下手回家。人生哪怕有難事，要的無非是一氣呵成的簡朗爽快感。

黑忽忽的午夜，開車夜歸，心裡有著撐張起來的不怕，一個轉彎看見便利商店熟悉的店招、通亮著的燈光，心中才真正安全踏實了起來。荒原野店的一盞風燈，帶給風霜旅人寂寞心靈的烘紅暖意：松火低歌、燒酒羊肉、有人交換流浪的方向……，詩人說：「是誰掛起的這盞燈啊／曠野上，一個矇矓的家」，一個矇矓的家，嗯，約莫可以充當的溫暖穩靠，大概就是這樣的情感吧。

在臺灣，海拔二千公尺以上都不乏便利商店，而且環肥燕瘦、或小康或豪門。那一年，和好友開了五小時車，去到國境最南濱海的公路，發現海邊的一家便利商店，大家都歡呼了起來。點一杯咖啡，要一點熱水，歇一下塵勞，說一下沒營養的話，人生就能有片刻的舒服滿足，何況還有一大片藍天碧海免費招待，一波波，大海滾鑲的涼感白蕾絲滾翻在你夏日的足踝邊。我心中於是進駐了一家永恆最美的便利商店。

一個拒絕吃隔夜食物，滿腦子養生知識，大把時間要用在別處的人，烹煮變成很多餘的事，光潔的便利商店，提供自由取用的一人份食物，我於是常在便利商店解決中餐或點心。那次人多，小長龍裡我排隊結帳，共計茶葉蛋、優格、關東煮、咖啡、沙拉，後面一位中年男士的聲音傳來：

「小姐，妳也未免吃太多了吧。」

我沒回頭，一秒宇宙無聲。

「妳一個人吃啊？」眼鏡男還在說，笑著。

「要，你，管！」我臭臉大聲，扭身離去。叮咚！

便利商店收容各色人，上午來的通常中年以上歲數，一杯咖啡，讀報、看雜誌，過了打卡、上課時間，有事要忙的都就緒去了，只剩這世界沒什麼事等他們非做不可的人。也常有白襯衫黑西褲的業務員，獨自吃著早餐，或拿起手機正和客戶對著話。臺中流行騎樓擺休閒桌椅，一區一區的，有便利商店處，便處處有一種悠閒不迫的城市風格。

比較特別的人包括坐輪椅或身心障礙者也常會出現在上午，我家附近有個喜穿黑衣褲，長髮覆面前披，我私下喚他「麻原札幌」的看不出年紀的清瘦男子，上午便會在便利商店附近走動。

房慧真寫過一個「白領、斯文、好學、語言優勢」的流浪漢，深夜以便利商店為家，桌上放著外文字典，加一疊資料，常是低頭專心做功課寫筆記，有一天他還開口和旁邊的外國人講英文。他綻毛邊的行李箱，和好幾個塞得鼓脹的塑膠袋就捆在門口的小拖車上。

那陣子我推著娃娃車帶孫出門也是上午，叮咚進叮咚出讓娃兒新奇，店裡的琳瑯滿目也叫他瞠目結舌忘記吵鬧，突然阿嬤急著想上廁所——免驚，便利商店沒這項就不叫便利，廁所當然是有的，但娃兒怎麼辦？在那時空點，便利商店店員是全世界我最信任也最值得被信任的人。

黃昏，三界眾生都來了：下了班的獨身者、群伴的中學生、小學生們和媽媽、比肩共食的戀人、各色覓食者……，工作完畢，家人相見，一天將逝，物類豐盛、鍋氣氤氳、吃著說著，微小平凡的每一日，在黃昏的便利商店，彷彿可以看見，矇矓的幸福。

有一天，Fen開車載我，臨時決定走一條預計外的道路，途經一家便利商店，她突然說著一個男子的名字。前男友，與她分手二十五年了，人生各自有自己的曲折與平順，誰也別擴大自己對另一個人的影響力，雖輾轉也有一星點知道了但又如何的小消息，但事實就是這樣，故事早已成昨，心情屬於自己，同住在一個城市，也有交集的領域，二十五年來始終碰不了面。碰面了也不如何，但是因由當年沒交代清楚的倉皇割裂，沒再見上一面，像一樁愛情故事，情節早已沒下文，卻還是沒真正畫下句點。

「咦！」我問，本能轉向車窗外，路邊一家便利商店，落地窗邊高腳椅上一個中年男子，向街，一杯咖啡，手滑著手機。車行不止，Fen說：「他噘嘴的樣子一點都沒變。」我趕忙回頭再凝目，我一眼沒認出來的那男子，就是Fen心上曾經即即離離，二十五年見不到面的無緣人。

這隔著窗光流影的一照面，二十五年咻一聲縮時，愛與憎壓擠無形，我們一路向南，車行未曾稍停。那天回來後，Fen真正的放下。便利商店提供一樁已了未了的紅塵情事，一個最便利的句點。

告別。脫下外衣。花朵離枝。拿起架上帽子就推門。反覆生滅、充滿想像、最糾結、最難處的一些事，有時不過一個哈欠，一別頭，一照眼就過了，出乎意料也是一種真相，我看懂那無痕無跡的神奇力，因緣有遲、速、快、慢，緣滅也是。

女作家用魍魎畫皮比喻便利商店，外表光亮整潔，其實藏在冰櫃後的工作室雜亂，價平物不美，說是便利，其實是消費者本身被便利了。我真的看過便利商店後面簡陋凌亂的工作室，店裡的桌面通常也都漬痕累累，但是，它招牌標舉的就是便利，它真的便利，一點都沒說謊。

南臺灣濱海公路一景。

去到國境最南濱海的公路，
發現海邊的一家便利商店，
大家都歡呼了起來。

手機

我的靈魂飄在天花板，貼著燈，俯身看著坐在沙發上的我，不停伸長食指寫著寫著，發布或傳訊，潔癖式不停清除夾在圖示上的數字，不停滑滑滑滑，不停看，生命就這樣的淌流消逝。每天起床第一件事竟然是查看手機這動作著實惱怒了自己，沒想到每天最後一件事也還是查看手機。活得真傻，靈魂掩嘴偷笑。

換新手機時，年輕女店員提醒：「那妳和所有人Line的對話都會消失喔。」我淡淡回說：「人生不就這樣。」她輕抬了一下眼，笑一下。

連結仍在，只是乾淨了一大片記憶牽葛，然後，雙方若都真有需要，Line一下，就重新回來建立對話關係如再鋪起一張對話的絲網。人生要斷不斷想斷不敢斷拖拖沓沓的事誰都有那麼一些，哪能像這般果斷絕決呢？

我不那麼真愛手機，連已讀不回都不甚在意，但手機惠我良多也是不爭的事實，Line、簡訊總能充分且及時的表達我自己，並且主控權在自己，電話相對具有侵入性，是隨時響起的驚擾，所以我手機鈴響調到無聲，沒輸入名字的電話不接，陌生電話不敢接，騎車開車走路教課開會帶小孩不便接，Line、FB、簡訊於是就成為我的社交活血、資訊補給、最低門檻的社會參與方式。我一點都沒和社會脫節被時代拋後，仗的無非就是滑來滑去的小小手機。

我不喜歡講手機的那一點小小私我的原因實在很龜毛。兩地通訊，總需要經過一段路徑，那時間上通達兩地所需的速度層所造成的極其微小數分之一秒的頓停，在我心中造成了很大的違和感，那說出口的話沒能立即進到對方耳殼，彷彿還得在空中跑百米、長跑、馬拉松，聽的人要等，沒把握等多久，常是一開口對方也正好開口，話串便會在空中某條線路迎頭相撞，連「你先說」、「你先說」，這二句有禮的話，也時不時要在空中當頭互撞一下。

這樣的我多像那停車場的自動收費機，毫無異議，一百元都塞了進去乖乖繳費了，它還一直吐出來，嫌那一百元皺皺的不夠平整。不破碎、不散亂，人與人、事與事，都得一叩一應在最好的位置上，其實是很久以前我常想要的不切實際的流暢簡單，咦，不是早就習慣世間法的不對等傾斜本質嗎？不是早就適應事與願違的生命真相嗎？怎麼手機這等小事，反而掩藏不住那個對人生曾過度天真期待的初始的我。

日本動畫導演新海誠二〇〇二年獨力完成的《星之聲》，二十五分鐘動漫，由手機綠螢光、傳訊按鍵聲串起整個情節。優秀的中學生長峰美加子被選為聯合國宇宙探搜隊，駕駛機器人航艦在宇宙與外星人作戰，她與在地球的戀人寺尾昇靠手機簡訊傳信息，飛過月球、水星、土星、木星、冥王星，與地球的距離越來越遠，傳發訊息的時間越久，從半年延長到一年，對方才能夠接收到。二〇四七年八月，昇接到美加子一年前傳的簡訊，說自己來到太陽系邊緣，即將要到距離八點六光年的天狼星系追趕阿加魯斯人，天狼星和地球的通信是八年又二百二十四天十八個小時。「到時你會記得我嗎？」美加子說：「我覺得我們是被地球和宇宙拆散的第一對戀人。」

八年又二百二十四天十八個小時，你要等嗎？你要嗎？這樣的距離與不斷錯開的時間，無異是另一種形式的「永恆」。你要等嗎？

二〇四七年九月，抵達天狼星的美加子，立即發訊息給昇：「二十四歲的昇，你好，我是十五歲的美加子，我，即使是現在，也是非常非常非常非常喜歡昇的喲！」

二〇五六年三月，昇的手機出現了這則訊息，但只有前面的問候語，最後一句@&#※……，是雜訊。

動漫《攻殼機動隊S.A.C》故事也是未來世界二〇三〇年，那時手機只要埋在頭裡，大腦連上網路，就能與人傳訊對話。我也等待這時代的來臨，可以省去許多手機操作的麻煩，只是，說不定到那時候，還得附加更多更複雜的軟體供下載，以過濾、調節每個人的口是心非，和不夠純粹單一的起心動念。古典奇幻小說《鏡花緣》裡說的不就是相同意思，一國裡人人腳下踩著一朵雲，心地光明的雲就潔白，心思不正的便由灰到黑的逐次漸層，有人雲上蒙了布不讓人看，不就是此地無銀，有人昨日雲色晦烏了些，今天就白亮多了，正邪善惡誰也不必比路遙等日久，每天，一出門，彼此看一下腳下那朵雲便明白。

我發，你收，你打電話，我接聽，全球手機電波網路縱橫穿織密密覆蓋地球，就讓生命在手機螢光閃滅中書寫情節吧，因為我得承認，在《星之聲》片尾歌聲中，我心一深，眶裡有淚，腦門熱著，心中哽塞著什麼，許久許久。

最後一則發訊後不久，宇宙探搜隊被敵人殲滅了，只一艘戰艦存活，美加子仰面飄浮墜落無垠星際的畫面，搭配動人的背景音樂，似乎已訴說出什麼，二十四歲的昇，正式加入宇宙探搜隊，他要去到太陽系外尋找美加子。在聲光科幻、太空探險、星際戰爭、二〇四七年、手機傳訊現代元素包裝下，新海誠在告訴我們，思念超越距離與時間，你願意等多久？無論多久我都在的愛情故事。

在宇宙兩端，各自無極寂寞的昇和美加子所想念的日常小事，都只願和對方在一起：夏日的雲、冰冷的雨水、放學後涼爽的空氣、春天鬆軟的泥土、黑板擦的氣味、深夜便利商店令人安心的感覺、黃昏柏油路的氣味……，昇說如果讓我們的一瞬間能實現，妳心中會想什麼？美加子說，你也一定會這樣想：

我就在這裡。

我就在這裡。即便一無訊息、沒接手機，我就在這裡，臺灣、全世界、地球、宇宙。星際大戰畫面飆、聲效滿，發射攻擊咻咻聲中，溫柔的情話堅定訴說著永遠……，就為這句話，無視靈魂清醒的嗤笑，我願意日起日落一輩子傻在手機面前。

微微風送我心間

我坐第一排，挨過去附耳對鄰座老人家說了幾句話，老人家別過頭回我：「聽嘸。」現場PPT播影片的音量不小，我於是翹大姆指對他比了個讚，他客氣的點點頭。

他是招娣年邁的父親。招娣是今天講座的主講人，她父親、姑姑、姊姊、姪兒、女兒都在座。

這講座叫「喜思特微講座」。FB有個成員有男有女的社群名叫「姊妹幫」，大家不想偶爾相聚只是吃個飯而已，那就合力做點小小事吧，每兩個月一次，租「癮．畫室」辦講座，可以新書發表，有時名家客串，更提供素人作第一次演講的機會，這很可能就是未來一位閃亮名嘴生命奇幻之旅的初起第一步喔！姊妹幫嘛，那就Sisters，直譯「喜思特」——我喜歡你情思的獨特。

講座比小還小，五人就開講，所以稱「微」，只辦三年，現在已是第二年的尾聲，剛開始為了因應場租費用，工作人員也要交入場費，「蛤，我們出力又要出錢喔？」

「不然勒？你有吃甜點有喝咖啡嗎？沒，那，你有聽到內容吧。」我都這樣面不改色的對他們說。慢慢地，一場場截此長補彼短的，工作人員早就不必自掏腰包了，好幾場還都人滿到爆呢。

咖啡、茶點、音樂與歌，加上畫室現成的沙龍氛圍，讓空間充滿很舒服的懸浮力，沒講臺，主講人與聽衆可以很近，根本不認識的人來了都感覺大家窩在一起的溫馨。

姊妹幫協力共事，做些小小的，不知何處落地，但風送種籽飛起的事。

可是九月這場講座，微微風送我心間，我突然感覺到一種，附加所值等重於價值本身的價值。

子女成家後，當爸媽的無非希望他們照顧好自己的家，最好不需要分心在我們身上。這些年我四處演講，偶有在我城公開演講的場合，我會看見我女兒來了，許是安頓小孩微微遲到，她彎腰欠身擠進座中。

我女兒用一個不同於日常的視角，在靜靜凝注臺上演說的我，那淺灘日常沒法探觸的深水內心，在這樣的時空，世上擎起一個純然只是寫作者的那個我，那是我最愛的自己。我和女兒之間從不缺愛，但這樣讓愛更完滿。

這事沒入平淡日常，也並不成為母女話題，但一如潤物無聲的小雨，我心落滿微細的悅和。

我想起自己。很多很多年後，母親在別人面前笑笑誇我仍是一句「伊作文寫佳足好！」作家，對母親的世界太過抽象遠忽，我也從不覺於此該多說些什麼，一向我是報喜不報憂的已出嫁女兒，娘家事幫著母親處理，定時回家探望老人家，聽她抱怨著一些人事，偶爾帶老人家出遊，生病陪著去醫院，至於我自己的事，凡事我都對母親說：「媽，妳放心，免煩落啦！」

這樣很夠了，但也很簡省粗率。我一直沒打開門，牽起母親的手走進去，看看她那長大後就不知在做什麼的女兒的世界，她知道在門裡的女兒，是子女中最讓她放心的，又好像有點本事呢！但她終其一生都站在沒特地為她打開的門邊觀望。

厚重汪沛的親情，因為天經地義而缺乏細節交代的細膩，像家鄉的那座高山那片大海，不必登峰不必出航，是用概括的方式註記永恆的存在。父母不希望太過打擾子女，子女許多至深極細的心事，或一路走來的彎轉仆跌爬起再站穩的如何的軟弱或勇敢，也都因為「你放心，免煩落啦」，就省略了父母。

我常記得郭強生寫年老的母親，去聽一場從年輕就是心中偶像白光演唱會，那一幕，臺下的母親眼睛發亮如癡如醉，首首歌都能跟唱，那才是在生活中始終堅強操勞憂苦，從沒來由可以流露的，母親的本然。

我也一直沒忘記自己很年輕剛當導師那些年，學生犯大錯請家長到校，不同時空不同事件，好幾個家長都說了相同的一句話：「怎麼會這樣，他小時候很乖很乖……。」

所以我那麼愛著雷驤的這句話：「我們本都是善良的孩子，出門在外，被一拳打得四分五裂，就再也拼湊不回原來的自己。」所以我那麼對生命於心不忍。

親情有悲歡，世事多過程，很多事包括四分五裂了，父母不知道，子女不知道，只剩下愛。

今天招娣站在前面，條理細訴自己悲心大願的緣起、過程與未來，燈光打照著，投影片一張又一張，家人在場，親情不缺席，講座中，我看見她姑姑輕輕在拭淚。

愛需要更多更細的理解，愛得越理所當然的越應該是。微講座的附加所值等重於所值。

「喔！有這呢啊多人來聽阮查某子一個郎在講哩！」我始終沒和招娣父親說上話，但我知道，他心中一定這樣想。

十一月那場輪到Cathy主講，又是素人啓程第一場，我得早些去問她：「妳爸媽住彰化，那，有人去接他們嗎？」

用了心

高校舉辦一場盛大文學宴饗，那一日，惠風和暢，群賢畢至。

我有事先一步離開，禮堂裡正進行著年輕學子和評審作家們的晤面、問渡與簽名，那真是煙火綻花開遍的一刻，我便恍若從繁華轉身，獨自走進潛靜，林蔭道上枝椏縱橫，五月陽光從葉間冉冉灑落。

身後有急急追來的腳步聲，我迴身，典型日本小說裡的高校女孩，瘦而清秀，短髮斜垂，喘著氣低聲呼喊我：「老師！」專程有事特地相尋的意態徹底明晰，但我看她並不是活潑主動那類型女孩，因由眼底猶留一抹鼓起勇氣也沒拭得乾淨的羞怯。

「我是那篇文章的作者，」她說著，眼眶漸漸湮漫星霧，凝成雲，雨就落了下來：「謝謝妳這麼懂我。」

我代表散文組評審上臺致詞，說起本屆參賽作品的書寫題材，我實在欣賞時下年輕一輩評審的語言年輕、談吐有梗，怎麼自己一開口老脫不去二黃西皮的老派，好似不讓大家都聽懂誓不罷休，有時還得將重點抄在手心以免漏講。那天在臺上，我確定是說了：「校園書寫的題材，可以用一條線切開……」唉，不知我有沒有不自覺的還外加了手勢，「線的這一邊是青春款：成長紀實、體制的控訴或接受、親情的擁有與失去、友情的美好與脆弱、愛情的體驗與清醒。線的那一邊，是眼睛看向牆外了，是普遍性的，人與人之間。」

這女孩的散文，中了我的心，沒入前三，只是佳作，我口中，線的那一邊的代表作。

文章以與同學相約，對方在約定時間四十分鐘後，才傳來簡訊說不能來了的事件為首尾，反襯以自己被背叛的戀情，再以對手機時代社群網路語言觀察為正襯。她書寫的情感帶一些壓抑超過臨界的奔洩，我看得出那是一種感觸太深節奏稍亂的反彈，文章的亮處不在犀利批判的力度，在以自嘲反諷出的當世現象，以及她微小而吃力的，對核心價值的護持。她觸碰的主題是人，打屁、哈拉、百字長文三秒鐘就得一籮筐讚的，廿一世紀的人。

我點點頭，握一下她的手，說：「很高興見到妳本人。」然後道別，返身，走離，光影在葉間晃了一下，十幾公尺或許更遠一點，我突然想轉身。

果然，她仍立在原地目送我，校園長長的綠樹落影的甬道，禮堂就在她身後不遠，我倒著走，遙聲大喊：

「不要變，妳永遠不要變喔！」她點頭。

我再返身是一陣微妙難言的溼潤暖意，要她不要變的是我自己即便渴望我能，都不一定能的事，今天，這一刻，會幻化成怎樣的軟體銜融進她靈魂記憶體的深處有著怎樣的運作與讀取？如果有一天她成為疲憊的大人，她會如何記取她自己，十七歲，五月的校樹，一樁被懂的心情，一個回眸凝注的真誠？透過女孩我也在想，天真是做傻事，還是傻傻做事？還是，知道是傻也還是堅定要這樣做？認真在不流行用心的年代，和天真會不會很靠近？

女孩在文章中說，人們罹患了一種新型的世紀病毒，變種、傳染力驚人，名稱不一實則同款，它叫不在乎、不認真、很輕忽。而她，抗體頑強，堅持準時站在街邊等待四十分鐘，堅持誠信。

二〇一六年冬天，中臺灣校園出現一樁有人很認真的故事。臺中忠孝國小六年十三班的副班長盧冠勳，開學第一天之後，永遠缺席了。大家都沒多說什麼，告別式那天全班幾乎全到齊，送一千隻親手摺的紙鶴給冠勳。病了三年，沒就醫的日子，冠勳如常過著學校生活，他不能做很激烈的運動，拔河相對溫和，他便常告訴別人：「我六年級一定要參加拔河。」告別式後，導師賴明釗問全班，想不想幫冠勳完成心願？

從此六年十三班每天提早半小時到校，跑步、背米包負重跳階梯、彼此互揹、伏地挺身、與大樹練拔河的接受各種肌力訓練，遲到的同學，會自動去將今天體能訓練的項目補足，班上同學陳憶函不久要參加全國鋼琴比賽，雙手千萬不能受一點傷，但她不顧一切堅持參與。他們要陪冠勳多參加幾次拔河比賽，就必須一路過關斬將，進入總決賽。二個月內，導師的帶領、家長的支援、冠勳爸爸的天天陪伴打氣，他們果真打入冠亞軍決賽。

六年十三班有個特色，全班身材相對小一號，常常一人輕上三公斤，二十四人整體就比對手要輸七十二公斤，校慶那天拔河冠亞軍賽，兩旁人群擁擠得如兩道厚厚的城牆，三戰二勝制第一回，勝，第二回，僵持，處劣勢，全體一致再低身、踏定、凝力，一條繩子牢牢繫起一個集體心念——「嘩！」人群爆出歡呼，同學們又叫又跳，六年十三班，再勝！

就像他們的紅色班服，一條繩子，幾個手牽著繩子的身影，印著TOP 613幾個字，O裡面包護著冠勳的班級號碼5。

「為誰而戰？」

「冠勳！」

「為何而戰？」

「榮譽！」

死亡並不容易適切的對應，被迫學習「離開」這件事，年幼的孩子心中是會有說不出口的疑惑，兩個月的體能練習是各種情緒轉化的儀式，這場拔河凝聚出的力量，必能在孩子們生命注入正向的力量。帶領全班完成一場為愛而戰拔河賽的賴明釗，一直認為勝負不是很重要，他希望學生珍惜生命、享受運動、真切明白同窗情誼，他說：「這已經不是一場比賽，而是讓孩子一輩子難忘的生命教育。」

形式主義的臺灣教育制度下，情感教育、道德教育、生命教育等人文面向，多麼容易熱烈被標舉、包裝，然後被虛化與架空，同樣在臺灣校園，有一所國中的畢業典禮，是不讓特教班的學生參加的，安全考量、流程順暢、特殊學生排練不易都可以是成立的理由，但也都可以完全不存在，假如「這不是一場例行活動，而是讓孩子一輩子難忘的生命教育。」

冬天沒過完，六年十三班「為愛而戰」後十天，臺中黎明國中的運動場上，接力賽常勝軍三年一班，今年不準備贏。導師林聖蘭決定全班並肩作戰，全班投票全員通過，將通常由強棒擔綱的最後一棒，交在腦性麻痺同學楊侑穎手中，並決定「侑穎用走的，走完就好」。

賽程中，他們每一棒都卯足全力，他們要拉大領先的距離，好讓最後一棒慢慢來。一直保持第一的三年一班，棒交在侑穎手中後，自動由第一跑道讓到第三跑道，侑穎起跑，直身、雙手大擺弧，X形腳腳板拖滯，全身用力往前快走，全班尖叫著加油，跟在一邊跑，侑穎突然怒吼一聲加快成跑步，抵達終點的一刻，好多人都哭了。

侑穎的變形腳板，動過二次切骨手術後才能平踩，目前還有鋼板支撐，跑步是艱難的事，但侑穎說：「聽到同學們的加油聲，我就想要跑得更快。」從校長手中接獲「生命鬥士」獎狀，他說：「該上臺領獎的是我的同學，不是我。」三年一班同學說老師告訴他們，勝利不是人生的唯一，重要的是過程，生命中一定還有可以超越勝負的事。

管他認真和天真有多靠近，贏與不贏都是教育，用了心的人總是看得長又看得寬遠，為那一雙雙清澈的眸子，一樁樁純潔的情感，正在萌發與抽長開始會有陰暗與光明的心，那白色小馬活潑的年齡。

我一個人咖啡

下午在大慶車站接了CL，這樣親的朋友通常哪兒也不用安排，直接坐進車站旁的咖啡店，點了一桌的甜點，從一點多聊到四點多。五點多相偕去和今晚一起看戲的一群朋友吃晚飯，他們都是很熱鬧不冷場的那種人，七點再趕去國家歌劇院聽戲前導說，七點半進大劇場看國光的戲。這真是個歡樂週末，對我而言算狂歡了。

夜的十一點多，從歌劇院開車回家，經過五權西路溪邊的星巴克，已打烊了，只留了一盞櫥燈，一樓靠街的窗暗著，看不見窗邊一列木桌和高腳的椅子。城市高樓零星貼著疏落的金箔，猶有朵朵車燈掣拉著光輝，行人是沒了。

那窗邊是我幾乎每晚報到的地方，一個人，幾冊書，一個小筆電，一窗夜的流麗紅塵，一杯拿鐵咖啡。十點半，回家。

今晚，車行路過，我感覺從一場華宴走出，正在經過自己的日常。

華宴總要因緣俱足才能成，世事沒那麼多理所當然，一坐下就啥都可說的朋友，邊吃還邊玩小遊戲的晚餐，王安祈、林建華畫龍點睛的說戲，還有那三小時的清宮大戲，那鷹的草原與弓的宮庭，那權與愛。

「如果你想走得快，就獨自上路，如果你想走得遠，就結伴同行。」這非洲諺語真入世的練達。可是，可是我還是最愛，我一個人咖啡。

前一天閔政送東西來星巴克給我，驚呼：「老師你怎麼會坐這裡？我以為……」閔政是社大文學班學生，我以為他可能上不完第一季，沒想到他一季一季上到現在，他曾是資深媒體人，現在是全國廣播節目主持人，也管理著海拔很高的梨山賓館。

一個人坐在一樓靠窗高腳椅，這畫面必然很富有開放性的想像，去年我生日那天，有個學生送蛋糕來給我，也是驚訝：「妳生日，就在這，一個人？」

我請閔政喝一杯拿鐵。他說自從上文學課後，他才知道怎麼閱讀一本書，慢讀，帶一點研究的成分，就自然而然拿起筆為美句畫線，並品味再三，「以前是讀完知道在說什麼而已，我現在常閱讀，因為懂得讀就會更愛讀。」

端杯啜一口咖啡，有比這更令人滿意的時刻嗎？如果你就是那帶他入門的文學課老師，然後我聽見他在說：「總覺得太遲了，我怎麼到現在才懂得讀一本書。」

我回答了他乍到照面的第一個問題：「所以我常在這兒，做我最喜歡的事，我對讀書寫作上了癮，而一抬頭，城市這麼近的在眼前。」

咖啡館對寫作者始終有特殊的意義，好像不能只以「在咖啡館寫作」單薄看待，寫作者張經宏當咖啡館是沒有神佛香燭，毋須向身外神靈祝禱拈香的市井小廟，寫作者柯裕棻說咖啡館「等著我們將生命浪費給它，等著我們消磨它，以話語、文字、咖啡渣和麵包屑灑它滋養它。」海明威總是在咖啡館或餐廳寫作，他要全然遁入寫作之中，當無法長時間安處在孤單的寫作情境，他才回家，希望情人給他崇拜。

我想告訴閔政，窗外是風動、幡動、心也動的世界，是白素貞修鍊千年，不當仙、不當妖、只願當凡人的縟麗紅塵，透過光滑透明的鏡面，它們變得真實又空幻，變遷、紛雜、生滅無一時停止，大畫面看過去，一片人來車往著，一片霓虹與燈火明亮流動著，好似什麼都沒有發生的動的靜止，這可以讓我感覺與外界的榫接不必太準確密合，我愛這城、愛行走、愛讀書、愛寫作、愛家人、愛暖意的人事，也愛孤獨。

何況，我需要與生活帶點距離，以方便將腦中的話語與畫面，流暢轉化為文字存錄，馬奎斯是這樣形容這狀態的：「你有一個題目在腦海裡揮之不去，直到爆炸的那一天，你必須冒著謀殺妻子的風險，在打字機前坐下來。」

不被介入干擾，我被一張桌子鎮住，被一杯咖啡收缽，這角落，是我的一方結界。

可是我沒說這些，今天又不是上文學課。

「作家和一般人真的有不同，」閔政繼續說，「一件事，我們看就是一件事，你們就可以看出很多不同。」他舉例了課堂上我曾解讀的《花樣年華》，也雷劈般驚豔上星期的那堂課，詩人紀小樣當場示範的

臺中市一景。

咖啡館對寫作者始終有特殊的意義，
好像不能只以「在咖啡館寫作」單薄看待。

即興跳躍的思維。我告訴他，我自己並不知道同不同，我只是自然真實的當自己，文學已經是我的生活習慣。

閔政不久前去二手書店買了我的第一本書，最近也在閱讀余秋雨，「哎，怎麼現在才懂，真晚！」他一直感嘆著，「正因為如此，每月最後一週的廣播節目，我想做成閱讀的單元，讓大家有機會早點知道如何讀懂一本書。」

文學不具體給人帶來什麼，也不具體不帶來什麼，文學課也是，第一堂課，我都坦白告訴學生，上課不等於你就會寫作，但你能看見不同的自己，這句話本身其實也抽象，閔政讓它鮮活踏實了。

「我和老闆溝通過了，梨山賓館旁有個空間，我想做成書屋，讓附近孩子有人陪著看書，偏鄉小學不乏捐書，少的是教孩子看懂書的人……」

昨晚我應該有告訴閔政吧，我的散文、我的演講稿、我文學課令他難忘的那些內容，落實為學生上文學課後要發揮自己的社會影響力將文學推而廣之，這些事的完成都因為，我一個人咖啡。

再轉個彎就到家，今晚還沒結束，停妥車，我還要改乘Fen的車，一起送CL回彰化，她們真是我偶爾也需要享有的豪華。夜未央，天清而月明，明天，我的日常我的每天，經過星巴克一樓那高腳椅窗前，我應該看得到我自己。

只不過

「『只不過』是個很可怕的連接詞，因為接下來會完全推翻前言。就拿發回來的作文舉例好了，上面會有老師用紅筆寫的評語，一開始的兩行全都是誇獎的話，讓我很高興，但到第三行的起頭的『只不過』之後的句子，就會把我罵得體無完膚，讓我很沮喪，每次都這樣，真的沒有比『只不過』更恐怖的詞了。」

日本平成國民作家宮部美幸的推理小說《少年島崎不思議事件簿》裡，緒方雅男這樣說。

他在說和刑警通電話的感覺。那老練的刑警說看來一切似乎都沒啥關係，「只不過……」。

真如他所言，後來是從「只不過」開始的，也的確有恐怖。

同樣是轉折連接詞，甚至是同義，但「只不過」和「但是」真有不同，但，如果是絕決的轉彎，只不過，比較平滑彎弧，或者就是平滑彎弧後一個突然的狠甩尾。但，實而硬，只不過，綿，或者綿裡針。

我還沒領教到宮部美幸可以拿來撐屋簷的棟樑，「厚實樸實有如十六邊形木桌厚近二吋桌腳，主幹少說半尺寬」的文風，這是我第一次讀她的青春解謎小說，只覺她筆調輕鬆幽默，以推理而言，這本書的確將我黏在椅子上不看完站不起來，早就知道出人意表是推理小說的必備，最不必設防的反差必最大，但仍頻頻得按捺住想翻到最後一頁看結局的手指。發現她寫人性很細微，不是大紅與大綠，是桃紅與蔥綠，是張愛玲說的「參差對照」。比如這本書的主調：無心的惡意。

她筆下的少年具有潔淨的純粹本質，獨立思考、不依賴，對周遭事物具有探知真相的好奇心，主角將棋社島崎俊彥是，足球社緒方雅男也是。緒方清純完整的愛上文靜乖巧、五官精緻，一點點斜視的右眼讓她更顯可愛的好學生工藤久實子。第一次和工藤同學訂下約會的那通電話，他溶化成為液態人，掛了電話，「還未凝結回人類之前，我已經先變成一灘溶化在地板上的甜甜糖漿。」

只不過，故事的結局是，只要他對工藤說一切都是表姊森田亞紀子的錯，「別放在心上了。」他就可以和工藤一直甜蜜戀愛下去，他卻無法開口，他理解工藤是出自防衛與害怕，卻怎麼樣也不能接受她摀住雙耳便以為都聽不見的惡意舉動。

嬌弱可人的工藤同學被表姊糾纏要她去加入賣春公司，為了脫身，她提供了別人的照片給亞紀子以轉移目標，其實也就是出賣別人以解脫自己的困處，她與被她「賣掉」的女孩葛西桂子並不認識，只因為葛西桂子是穿耳洞、看起來像壞女孩，是專出問題學生的四中的學生。

「叫我介紹別的朋友，我真的甩不掉她，好想哭……我又不能讓朋友遇到這種麻煩。」、「我沒想到她會那麼害怕。」、「她和我不一樣……看起來很像大人。」、「我把照片給姊姊看，也說她是四中的，可是我沒想到姊姊真的會去找她。」、「我好怕，只是很害怕而已。」工藤哭著急急做這樣解釋。

只不過，緒方心裡痛苦想著的是，對非我族類的人事物，比如一個看起來壞壞的女孩，只要有必要，就可以冷酷到不管她死活嗎？人與人是差別性有選擇的對待與體貼嗎？為了逃過一時，就推別人一把好似什麼事都沒發生過的走開？只要永遠守住謊言不說，就可以繼續當善良可愛又幸福的好學生？

結束了，緒方想，就在心愛工藤同學哭泣的電話聲中。

只不過真是個很可怕的連接詞，因為接下來會完全推翻前言。緒方雅男自己說過的，並在自己純情愛慕的初戀裡一語成讖。

人生恐怕也是。

張愛玲筆下，他走了過來，離得不遠，站定了，輕輕地說了一聲：「噢，你也在這裡嗎？」她沒有說什麼，他也沒有再說什麼，幸福彷彿就近在下一步不是嗎？只不過，站了一會，他們各自走開了。就這樣就完了。後來這女人被親眷拐子賣到他鄉外縣去作妾。我也想起王定國的〈雨夜〉，那街頭藝人鋪陳得很道地，就在氣氛暖而好，人們差不多就要掏錢投小費箱的當兒，不料突然下起雨來，「這時他還在找譜，觀眾卻已經一溜煙散光，小廣場瞬間只剩他一人，身邊那盞燈後來只好黯黯然熄滅了。」

來在中壢一所高中演講，有什麼難的呢，散文第一堂課，我最慣擅的文類，一輩子的書寫。我的前置作業是一向的SOP，每一步都不能出錯稍省呢，比照往例，我也必定提早三十分鐘到場親自試電腦、音響、影片，一切準備就緒，五四三二一正式開演……DVD如實播映無誤，只不過，音聲扭曲飄搖大煞風景……唉，只不過……。

就這堂散文課，我在講義裡出了一個造句題：「但不管怎樣，還是要……」。

你今天所行的善事，明天就會被遺忘，但不管怎樣，還是要行善。

人都自私只顧自己，但不管怎樣，還是要學會互助與相愛。

……

若換「但」為「只不過」，不管怎樣弱了些，意志也沒那麼堅定了。「但」當然有「但」的獨一無二，但人生難料，不能沒規畫也規畫不成，也許「只不過」的機會會多一些。

我不怕死，也不絕對貪生，只不過，我深切知道人間有愛有痛而我只能活這一次，這一次叫今生。

我總說著別人動人的故事，演講教課或書寫，只不過，我是在別人的故事裡，說著自己的心情。

《少年島崎不思議事件簿》後來怎麼了？真相大白，殺死亞紀子的是真心愛她想救她脫離賣春公司的男子。亞紀子逃家效忠賣春公司，因為公司給她依靠感。緒方初起青春的愛戀回不去了，流淚了，他說是風的關係。

書背有句話說得真好，孩子是在什麼時候長大呢？不是一下子，而是每日每時累積著悲喜，慢慢、慢慢地變成大人。

多幾個只不過，就是人生。

幼的力

豐子愷這樣寫將孩子送回鄉下，自己獨居上海的日子：「枯坐、默想、鑽研、搜求」，從某種層面看來，這誠然就是我已然不再但深深喜愛並懷念的昔日生活，但是他卻要說，這種生活是「病態的、殘廢的」。

他是對比著天真、健全、活躍的日子裡有孩子的生活。後來他就寫下那個「炎陽的紅味漸漸消減，涼夜的青味漸漸加濃起來」的炎夏黃昏，孩子們將西瓜吃出各種旋律的著名篇章〈兒女〉。

他愛兒童是明確的：「這小燕子似的一群兒女，是在人世間與我有因緣最深的兒童，他們在我心中占有與神明星辰藝術同等的地位。」

我雖沒認同「病態的、殘廢的」幾個字，但撇下那很凡人的對過往習性的殘念與癡執，我必須鏗鏘承認，小燕子，黃毛小兒，果真具有讓人重新再認識一遍熟悉經年陳舊僵滯世界的力量。

這神奇力量的強大是因為雙扭力旋轉，既有火山爆發覆滅性摧毀力，讓秩序、紀律、從容、優雅、浪漫、安靜與禪皆盡成灰，在滅絕的同時又能輪渦迴旋，再造出無邊的童心、創意與無名的愉快；那是自己原以為再走不回去的純真單一，或者說是，又見久違了那個以為早已從地表消失的自己。

長大成人，無非是塵勞逐次積厚的過程，還要隨時在厚塵裡翻著一些較量與算計，再撥一鏟模糊與矯飾。與小兒面對面，我們被純真天光雲影的映照出一個無差等、不造作、簡單、直接的無垢小世界，我常在想，我們愛小兒，或許也是愛那在純真世界裡的自己。

而當了阿公阿嬤才會有阿公阿嬤的心眼，年齡的落差要夠大，才足以反觀全局，恍若站在隔岸看對岸的起渡，那山青，那水綠，那霧起，那急湍，那施力，那洄瀾，那泊灣，那終究能上岸但會有的辛苦，要當了阿公阿嬤，才會有阿公阿嬤獨特的看待生命的視野，才會有阿公阿嬤才能給的寵愛與陪伴。

那個抱著幼孫在花叢邊訥訥直說：「蝴蝶，飛！蝴蝶，飛！」的阿公，黝黑膚色，白棉紗汗衫，指尖圓大甲黃縫黑，從前是鐵工或黑手吧。八十好幾九十也可能，街邊那皤白髮佝僂的老婆婆，拎著小板凳蹣跚走到工地圍籬旁，你再靠近一點看，籬邊一定，一定有個幼小男孩蹲在那，正全神專注在看施工中的大「挖挖」。

我和我孫是城市遊俠，家外面的世界就是最好的學習場所。小兒眼中的世界如此驚奇新鮮，從溪畔認識花樹蝶鳥蟬鳴水聲，從紅綠燈認識數字，拖運車、洗街車、傾倒車、消防車、臺中市復康巴士「很像但不是」哇嗚哇嗚，哇嗚哇嗚有紅十字……，我和我孫一起認識馬路上各類型車、認識各種車的品牌，天天在平交道旁看柵欄起落，看左邊來了右邊來了的電聯車、自強號、普悠瑪，尚未發生，但我常常預告自己，有一天我在外若是被揍，一定是因為我老是在裝娃娃音在用疊字說話。

我平日行走運動，蒙頭蓋臉的既遮陽也省去與人照面打招呼的麻煩，自從推娃娃車之後，能賺很多世間笑容，因為很少人迎面不對娃娃柔睇或一笑，然後目光沿遞而上，以微笑向我致意。溪畔那群老婆婆老

臺中市一景。

我和我孫是城市遊俠，
家外面的世界就是最好的學習場所。

公公，天天對娃娃車小孩招呼說話，我也因此學會遠遠就大聲問好。

那天我推娃娃車經過窄仄小巷，閃在一邊，要讓小轎車先過，那轎車竟然停住了讓行，我速速推小車穿越小巷，轎車行經我身旁時，一個江湖腔口的男生搖下車窗大聲對窗外丟話：「推娃娃車的最偉大啦！」

家附近有個麵攤，老闆平頭、刺青，繃臉垂眼工作，從來不茍言笑，我點餐結賬，總是分外簡潔明快不敢怠慢。後來，老闆有了女兒，黃昏，他抱著嬰兒在家門口走來走去，一年後，他騎著腳踏車前座載著女兒，在巷子騎來騎去，有一次我好像聽見他在唱兒歌。我孫常驚啼夜哭，那時我初當阿嬤頗不知門路，索性鼓起勇氣問他：「借問，這附近有人在幫人收驚嗎？」他腳踏車煞停，父女二人的臉一上一下，一大一小同一個模子：「這附近就有，就～～那邊那間宮廟啊！」他手伸長前指，臉部線條柔和，我道謝離去，他又回頭叮嚀：「如果要大廟就萬和宮，那裡的關帝聖君有在幫人收驚。」

我孫是在人世間與我因緣最深的兒童，因這份深因緣盪漾出的綠水小漣漪，讓我學習了前所未歷的人與人之間。

豐子愷請篆工將八指頭陀黃濱山的詩刻在心愛的煙斗上，詩的第一句是：「吾愛童子身，蓮花不染塵。」不染塵的純真，令人著迷，能夠映照，小而彌大。

幼的力。

散文微講堂

文學沒有奇蹟

文學沒有奇蹟，只是日常。

我的書寫取材自我的生活。

你是怎樣的人，過怎樣的生活，決定了敘事的語感，以及觀視的角度，沒有誰高誰低的問題，只是自然與眞誠，而你情感的多少，絕對瞞不過散文。

比如便利商店是最日常的存在，很多作家都以此爲題，我的〈便利商店〉，定調在「便利」，你呢？

你曾在便利商店看見怎樣的世間風景？

只要提起筆，記憶就會自動回來找你。

卷二・常經

圖／石德華攝於臺中

十三

十三。

十三經，十三年蟬，十三行詩，十三香，最後晚餐十三（或十二）門徒，十三號星期五……。我主觀認為奇數比偶數來得實在、陽剛、有個性、不靈巧，而天底下所有意義一如感覺，都可以是自己給的。

沒有厭惡與喜愛的特別原因，關於奇數十三，我一直感覺它平凡卻深不可測，不前也不後，介於明與暗之間的可能變數，帶些神祕色彩的玄機感，攸關前路。

第一屆「中臺灣聯合文學獎」舉辦時，除了名稱很高大之外，規模簡單得如同它的編制：只臺中三個高校參加，獎項分三組，一組一評審。當時人文活動經費很短缺，主辦人一心實踐自己年少伊始的文學夢，他找自己高中同學幫忙募款以成事，那高中同學是月入百萬的名律師。

一年又一年，臺中來了、彰化來了、雲林、南投、嘉義都來了，「中臺灣」三字一撇也不少站得滿而穩，主辦人不僅讓無數年輕學子親近文學，自己也重新積極從事創作。就在「中臺灣聯合文學獎」發芽成長茁壯的過程中，那名律師，經歷世間繁華之極盛與迷失，殺人、入監、服刑、假釋，出獄後成為基督教更生團體志工，從事監獄福音傳播，並且一字一字完成了在獄中的書寫。

二〇一七年五月，第十三屆「中臺灣聯合文學獎」剛在虎尾高中圓滿落幕，共計十四所高校參加，主辦人在座，微微笑看頒獎典禮的進行，他是當前暢銷書作家蔡淇華。

那名律師叫劉北元，他明白上帝要他入獄，是因為要他真正再回到人間，以身示現從事教化，今年他出了第二本書。

這關乎又超乎文學的故事，尚未結局仍在進行，但它從混沌到成形，就在玄祕的十三年之間。

Cathy初到安寧病房舉辦浴佛活動，得躲起來擦乾眼淚才能再繼續工作，今年第十三年了，她指揮若定流暢運籌全局，到安寧病房早就不會再輕易落淚，這樣的鍛鍊，像一個墊腳高起的姿勢，從此其他的公益活動她全都能穩住情感熟稔上手，只是，無論她有多幹練，腦海裡撥撥翻翻，總是留有那一隻又一隻需別人扶著才能握杓浴佛的枯瘦的手，總是難以抹去一張張即將離去的人為心愛家人手縫端午香包專注認真的臉孔：年輕癌末媽媽為心肝兒女、從沒拿過針線的老先生抖抖巍巍為年邁老伴……。

Cathy說自己以前是不易感動的人，去到安寧病房才發現自己淚多，終於可以不在活動中流淚了，卻變得很容易為別人的事感動，這樁淚不淚的紅塵公案，看山看水是山是水的，高低深淺自不同。Cathy的十三年。

那，十三年前的我在哪兒？剛從高中校園退休，脫去既有體制裡不耐多於不適的固定環梏，應邀在離家不遠的名校兼課，那是綠衣雲雀初曉山崗鳴唱翔飛的活潑日子，我總選擇行走著去教課，不專屬、沒黏著、節課少，讓人連步伐都能很輕快。榕蔭下的臺中府後街灰瓦紅磚牆，時光綿悠，每走過光與影閃滅的切線，偶一恍惚，我彷彿看見，家家屋頂都是下過雨溼潤著分外顯得靜謐的石棉瓦家屋，那背書包正安靜走過牆外小巷的十五、六歲的自己。

午後，我通常會在咖啡館做些無非都是自己時久漬深，熟悉恍若宿世的文字工作，丈夫在上班，女兒在上學，那時候，這世界發生什麼都與我無關，我只負責穩當安妥，然後，時間到了我就回家，到家只一會兒，大門就會傳來鑰匙插孔的輕響。是愜意二字化意為象的具體畫面吧，也許還要更淡逸一些，那是十三年前，我日日的家常。

這十三年間，透過不斷的失去，關於擁有，生命教給了我另一種稱重的方式。

橋下拾鞋，長跪為老人穿鞋，年輕人張良，被這老人盧煩得瀕臨失控邊緣，幾番「後五日復早來」折騰測試後，終於懂得所謂早到是乾脆別睡了的「夜未半往」，此後，他的生命不斷成熟、不斷飽滿，勸燒棧道、願封留侯、暗借商山四皓、欲從赤松子遊，「著著在事外，步步在人前」每一步都無能出其右的細膩精準，而他曾是僱用大力士於博浪沙椎擊始皇，莽撞躁進的燕國貴公子。

那一天，從半夜守候到天明，老人滿意的拿出一本兵書交給張良，說得此書的人，可以幫王者得天下，十年後新王朝必會興起，透知心事一般老人指示張良，說完飄然離去：

「十三年，孺子見我，濟北穀城山下黃石即我矣。」

逞一時之快，到隱忍成熟，到謀能安國，智足全身，多麼充滿隱喻性啊，而一個人生命真切的開展究竟要多久？老人對張良說，十三年見我。

春夜雨潤

街道巷弄的細處，商家的興敗，四季的流轉，庶民的風景，這些年天天城市行走，為我豐富的就是這些實不丕的生活感，我從年輕就身處二、三十年的校園，終究有一座安全的牆，只提供熟悉與單一。

所以，我才能看見酷夏烈陽正中午，工人一排坐在行人紅磚道上吃便當，汗沿著頰流下帶著汙色，不潔白的汗衫貼著溼背，背景是一整個熱到發白刺亮的高樓大城市。

看見S腰帶都沒拆的工人枕著自己的安全盔，手腕橫遮著額臉，倒頭在下水道旁的騎樓邊睡午覺，衣褲沾滿乾掉的泥。

看見慌忙丟下手邊工作，蹲在騎樓簷下等雨停，夏天午後急雨嘩啦啦噴濺騎樓，怕影響商家擺在店外的花車，做工的人沒敢挪進一點，仰頭直看屋簷傾盆雨落，雨一停，他們立即起身，爬上溼漉漉滴著水的電桿或高梯。

我沒看見的，當然更多。記得那天回家，我在FB寫了一段沒什麼人回應與按讚的文字：

如果學生能親眼看到自己父親這樣的況貌，平行的時序，他們在校園裡，會不會少睡幾堂課，少做幾次偷雞摸狗的壞事，少去一些成群鬼混的荒廢？

雖然我的視角仍非常的布爾喬亞，仍不脫老師的固定思維，這些畫面始終縈迴於心也沒足以架構成我思想的新體系，但讓抽象概念具象細節化，它們破了我那座校園的牆。等很久終於等到了的感覺，我看見林立青的新書《做工的人》。

勞動運動工作者顧玉玲在序文裡說的則是，營造工地總被鐵皮高牆圍住，待拆牆亮相時，站在風光處剪綵的與獨占建物題名落款的，都是出資者與高官顯達，林立青讓我們看見鐵皮圍籬拆撤前的工地，那兒有每一種勞動者的專業、處境，和他們灰頭土臉的實作，《做工的人》讓工地實相破牆而出。

不只破牆，我一直想說而說不全的什麼，彷彿也隱隱然呼之欲出，當我看見書中最後一篇叫〈便利商店〉。

林立青寫便利商店店員是基層服務業，他身邊工地師傅多有人娶基層服務業女子為妻，或許因此，他們對這些店員的工作多了一分敏感，許多師傅堅持在進店前，絕對要先將自己的雨鞋清理乾淨或者脫下鞋子，否則寧願不踏進去，原因是不想讓這些服務生增加清理的麻煩。

我將這段內容告訴我布爾喬亞朋友們，有很驚訝的，也有說「這會是真的嗎？」散文對我而言是「實」，是「我」，我也寫過同名散文，我筆下的〈便利商店〉不會出現這樣的看見，但我懂「做工的疼做工的」、「苦人疼苦人」，只一位商場上的朋友回應我，說網路上曾流傳過一張照片，一位做工的人搭捷運，只坐車廂地板不坐椅子，「怕弄髒捷運椅子」。

不同階級之間存在有形無形的隔閡，不透過更靠近的距離或細節的參與，你所說的「知道」，也只是籠統而模糊。老練於建築領域的王定國寫過他一樁失敗的經驗。

掌握天時地利的大好時機，他推出人人嚮往的大院庭園，現場搭建的接待中心窗明几淨，找來流動攤子專煮免費咖啡，看屋的人潮一波波湧來，是他從事建築多年不曾看過的盛景。三天後統計出爐，來客超過五百，成交率卻是跌破眼鏡的低。檢討會上抨擊聲四起，突然出現令人驚醒的一句話，一位菜鳥同事紅著臉說：「……，我覺得啦，我從客人的表情中發現，有錢人不喜歡看到窮人。」現場剎時一片噤聲，沒人知道怎麼接腔，也沒人反駁。那天會議中留下最終的結語是：我們沒有做出「區隔」。

「區隔」是什麼？孔乙己去的魯鎮咸亨酒店，當街一個曲尺櫃檯，做工的人只能靠櫃外站著喝酒，穿長衫的才能踱進店裡坐著吃喝。近百年了，這L形曲尺櫃檯，變換不同形式的無所不在。

一趟高鐵載我從臺中來到臺北，綿細春雨忽一陣飄忽一陣歇，敦南誠品的夜講堂，我聆聽林立青的講座。

就穿書封面那件無袖黑T，作者以監工本色面對大家，「價值」二字重複出現在他的陳述裡，工人與勞動本身都有被記錄的價值，但這個社會並沒有提供任何討論的機會，讓這份沉默的底層的欠缺自我價值的職業被直接看到，忠實記錄是最快、最直接、最簡單理解別人的方法，於是他誠實的寫出事實，事實就有力量。

林立青眼光忽然調遠到觀眾群末：「我工地師傅也有來聽」，大家一起回頭，「他躲起來了，」他補一句：「他們絕對不會想面對大家。」

出版社總編輯帶來幾則讀者迴響的故事，他們是記者、老師、教授等社會白領階層，這本書帶他們逆溯粼粼的時光河，再回去重溫自己是怎麼長大的，他們都是做工的人的第二代。「看完書獨自大哭的夜晚，回到十歲的我，冬天的清晨睡夢中醒來，惺忪看見父親走出家門的背影，我叫一聲『爸』，他在門口回頭對我微笑。」

書的攝影師加碼了這些迴響。一位婦女告訴他，是一位青少年推薦這本書的：「很好看，妳看看！」那年輕人將書交在她手中只說這句話。這婦女十分感謝這本書改善了她家裡長久不睦的父子關係，她丈夫是做工的人，那年輕人是她兒子。

潤如酥油的夜的春雨，飄面不寒，樹影燈光下的敦化南路有著不夜不老的城市輝煌，我明白了我為什麼要來這場夜講座，還談不上思想信念可以多麼土密根深，但一位布爾喬亞小資中產，經由城市行走油然升起的掠影感受，終究可以不必歸零成空。

因為我喜歡即使沒能做什麼但能彼此理解的人與人之間，喜歡大家不必多說什麼就都能卡榫對位的老實本分，喜歡能的有點力的肯為不能的力弱的幫點什麼，喜歡心中尚沒能成形的什麼能夠越來越清晰，喜歡不必相互認識卻能散放的溫暖與呼應。因為我真喜歡文字的忠實記錄就是力量。

林立青在夜講座說了：「我們無法改變什麼，但心可以更柔軟。」

臺中市一景。

看見S腰帶都沒拆的工人枕著自己的安全盔，

手腕橫遮著額臉，

倒頭在下水道旁的騎樓邊睡午覺，

衣褲沾滿乾掉的泥。

螢火蟲

1

牛頓說：「如果我看得比別人遠，那是因為我站在巨人的肩膀上。」聽到這句老而美的話，除了網路有一個人在問「請問巨人是什麼意思？還是什麼人？」之外，幾乎人人點頭稱是，但她的腦裡一聲「噹！」那會不會是因為牛頓真的很矮？她想，然後，她還真的動手去查了，果然，牛頓只有一六七公分高。

吃飽太閒加天生反骨吧，這人，但還真的牛頓只有一六七耶！我從來都不會知道。

這必然是一個很跳Tone、超難搞、抓不住的人？可是她定著微吊梢、雙眼皮彎又深、極其美麗的眼睛，真誠一片告訴你：「我完全信奉我的老闆，我不了解老闆在想什麼，就只能聽從，祂要我怎麼做我就乖乖做了，我是祂的僕人。」老闆指的是她信仰的神。

牛頓幾公分式的橫向思考、腦筋走漏電、靈活、多點子，這條花旦混刀馬旦的戲路，讓她成為受學生歡迎的老師、用俏皮活潑文字凝聚團體的關鍵人物、今年金鐘獎最佳綜合節目主持人的得獎人。

將所有意外降臨的任務，當成老闆的旨意，一步一腳印赴任與達成。這條青衣正旦的戲路，她板板眼眼扮演了認真出色的新聞記者、寫書出版的旅遊作家，以及「螢火蟲助學計畫協會」的副理事長。

做很多事，又事事能達陣，你去問她生命第一重要？我想她會說快樂，你再問哪一樣最快樂？她一定會說：「陪螢火蟲快樂起飛」。

她是林夢萍。

2

嚕啦啦休閒車隊，上山下海經常出遊，偏鄉遠地都去到，九二一地震後，車隊進入南投武界部落，看見部落房屋震倒，大家就出錢出力幫忙他們重建家園，納莉風災後，他們進去新竹竹東山上的部落，很自然也主動提供支援。「我來到、我看到、我做到」的真情之外，他們都感受到，那沒預期卻很真實的，助人的快樂。

二〇〇五年十二月，車隊長林世雄希望能有長期的公益目標，林夢萍於是提出教育方案，幫助偏遠地區貧窮而向學的學生學雜費及每月生活費，從國中直到高中畢業為止。車隊幾乎一、二個月就會出遊，要去玩之前，林夢萍會先聯絡山區學校，請校長或老師推薦需要幫助的貧窮學生，車隊抵達遊地，就順道探訪，實地去了解狀況。

第一次訪視，他們去到南投仁愛鄉庭庭的家。庭庭是國二女生，父親酗酒，母親離家出走，她那不像家的家，地板裂痕、床也是一張板子，但牆上一張張貼著庭庭的獎狀。夢萍問她將來想讀什麼學校，庭庭小聲回答「護專」的同時彷彿就在說一無可能，她看著夢萍，眼眸深處停著一隻極小的螢火蟲，尾光閃滅，透露著微小與卑怯。

下山後，林夢萍一直很難忘庭庭既期待又怕受傷害的眼神，那孩子也像被遺忘的一隻小小螢火蟲，在她飛不出的部落角落發著弱光。

公益活動命名為「螢火蟲助學計畫」。庭庭成為第一隻螢火蟲。

幫助一個學童全程需二十四萬，這公益助學的事就在嚕啦啦休閒車隊車友的親戚朋友間流動，林夢萍心想，二十四萬是分階段零付，第一年認養一位螢火蟲應該沒問題，沒想到三週就募得一百二十萬，第一年，他們就有了六隻螢火蟲。後來，他們以每年一次的嘉年華會攤位收入做為助學計畫基金。

邊玩邊做公益，螢火蟲助學計畫邁入第十一年了，於全臺十二縣市二十鄉鎮及離島，共誕生五十一隻螢火蟲。二〇一六年成立「螢火蟲助學計畫協會」。

相約一起玩到老，而他們真的很會玩，嚕啦啦休閒車隊加螢火蟲助學計畫，上山、下海、活力、熱情，玩著玩著，然後，有一顆惶惑的心平穩了，有一雙畏怯的眼睛不閃躲了，玩著玩著，有一位學生可以安心上課繼續升學了，有一位孩子的成長過程不同了，有一位年輕生命的未來有夢土了，玩也能玩出意義，玩也能協力助人。他們十周年的刊物上有一句「或許很老很老的時候，回頭看看，會發現這是我們這輩子做過最值得開心的事。」這文字真是感性爆了表，但我看他們好像不必等「回頭看看」這麼久，他們的公益宗旨本就是：造福他人，快樂自己。這是平行句，是判斷句，更是因果句。

教育可以改變未來，一陣子不上山就感到快要缺氧的林夢萍表示，去玩的機會，這次錯過，下次跟上，「山仍會在那等你」但她早說過的：「孩子們的教育不能等。」

3

公益的形式很多，主軸是清楚的，但軸心的材質與轉速不盡相同。我看「螢火蟲助學計畫協會」，小眾經營，不對外募款，沒有行政費用，計畫很透明，風格上顯得明快朗利，前身多是救國團服務員的嚕啦啦休閒車隊，英雄來自四面八方，很多事都能專才專司，再拼圖式聚合，效能上十足神速，再加上他們熱血的基因、愛服務的內分泌、一面玩一面做的方式，都使這個團隊擁有很不同的公益特質。

而「天使」一對一的陪伴制度，似乎是軸心的潤滑油，也是亮點光芒的真正制高點。

每一位螢火蟲都配對一位天使，透過寫信、卡片、Mail、Line、FB各種方式互動關懷，像家人像朋友一般陪伴與解惑。開始時缺乏主動要當天使的人，現在已到需遴選投票，人人政見發表請惠賜一票的選我選我地步。天使圓圓的當選感言就是「經多年祈盼與等待，終於如願成為守護螢火蟲的天使。」

狂牛報名天使人選，一直等無消息，那次參加了一位螢火蟲的訪視，後來他當選的理由是「等待多時，積極爭取，並和孩子見了面，近水樓臺先得螢火蟲。」狂牛形容自己候選時的心情：「我突然有種莫名其妙的不安，好像要把孩子分給別人家的感覺，還好大家能夠體諒，兩次投票都驚險通過，讓我順利可以擔任天使一職。」

天使飛魚守護的螢火蟲要考大學，飛魚親自到宜蘭螢火蟲的家裝視訊，請人遠端教學，加強螢火蟲的英數。

圓一個偏遠山區孩子的升學夢，這協會走出的是公益的神髓——對人的真正用心。

4

「從未想過從螢火蟲身上得到什麼，沒想到上天給了我們這麼大的回饋。」有一位螢火蟲參加嚕啦啦車隊服務員甄選，一年後參加授服典禮，當螢火蟲穿上那象徵責任與榮譽的橘紅色制服，特地由林夢萍為她拉上制服拉鍊。那螢火蟲說：「穿上制服，我可以跟更多人分享螢火蟲的故事」

螢火蟲長大，飛出部落，發光，成為嚕啦啦服務員，當天擁抱著螢火蟲眼淚落個不停的林夢萍說：「未來她會去服務人群，去幫助需要幫助的人，如同我們現在正在做的事一樣。」

俏活花旦是她，踏實青衣也是她，哭點很低是她，很會搞笑也是她，很令人不可捉摸無法掌握喔，不，林夢萍無論如何，都在陪螢火蟲快樂起飛。

圖／林夢萍提供

做很多事，
又事事能達陣，
你去問她生命第一重要？
我想她會說快樂，
你再問哪一樣最快樂？
她一定會說：「陪螢火蟲快樂起飛」。
她是林夢萍。

阿嬷有約

訪談完，我忍不住做這樣的總提問：「阿嬷，郎老師、主任、教官嘛攏勒教、攏勒勸，係按怎，阿嬷妳簡單一句講，係按怎這些囝仔，就甘拿肯聽妳的？」

愛，這個字，簡單得很麻煩，有我懂的與很多我不懂的。我給個最初胚的說詞是，流動；從愛者流動到所愛者，並且有薄薄的暖光圍住彼此，走多遠，這光霧就被拉長到多遠。

就此來說，這宇宙有一位名叫黃謝秋煌阿嬷，她身上的光霧一束束，恐怕已交錯成一片光森林了，許多被愛者從暖光帶回頭走來親自向阿嬷說謝謝，有的雖還沒機會走回來，但他到天涯，暖光就拉長到天涯，到海角，暖光就拉長到海角。

當然，時不時也會出現強化光度的附加元素，比如有一次阿嬷包計程車，彰化直衝社頭，當計程車司機知道阿嬤是送一筆捐款去給特殊學校一位貧苦的孩子，自己當場就加碼二千，說車錢也不必了。給孩子的二千，阿嬤收，計程車錢？黃謝秋煌阿嬤這個人是這樣的，她說一定得付的時候，你是一定沒辦法不收下。

「阿嬤，妳是世上我最尊敬的人。」、「阿嬤，妳記得我嗎？那一年……」，側耳，你聽，暖光霧帶裡的感謝迴聲總是一派年輕的清嫩朗澈，都說年輕人冷漠無感外星人，但阿嬤身上青春與白髮相遇的故事一樁又一樁，愛，流動來，暖意，流動去。

阿嬤在省道旁賣爌肉飯，她說自從幾十年前白沙屯媽祖婆出巡，停駕她家店門口那一天起，她就開始年年賺錢，身為爌肉飯達人的她另有個本事，川流不息顧客裡，她一眼就注意到每次只點一碗滷肉飯的樸實學生，「看來家境不好呢。」她於是次次免費為年輕人加菜又加湯。有一次她看見和工人爸爸一起進店的小學生，總是用手拎捏著過大過寬鬆的褲頭，她心裡立即有自己的數，果然是單親家庭，阿嬤主動送上一盤炒地瓜葉，小孩大口大口吃精光。當然接不接受是選擇，但善意，人人都會有感，阿嬤當時開口說的話是：「以後下課都到阿嬤店裡吃飯再回去。」

食事，真是人生實事，掩藏不住生活的實況。而在我心目中最經典的故事，是阿嬤注意到有三姊弟在店後門嬉戲著，於薄暮黃昏，小孩都該回家的時間裡。

透過探聽，很快的知道：父親在牢裡，母親改嫁，他們和祖母、叔叔一起租屋過生活，叔叔是工人，祖母當二十四小時看護。「從今以後到這裡用餐，」阿嬤這次再加一句：「茶水也都從這裡拿。」常給姊弟們的一百元獎學金，她規定：「只可以買文具。」後來三姊弟搬家轉學離開了，搬家那天，姊姊對阿嬤說：「阿嬤，世上哪有這麼好的人。」

你以為故事結束了？阿嬤念著轉學後不知能適應新環境嗎？輾轉用了些方法包括打一〇四查號臺，然後現身三姊弟就讀的國中，帶著一堆餅乾、飲料，外加的七個蛋糕是要送給三個導師、主任們及校長，三姊弟意外看到阿嬤開心極了，他們老少之間這場萍水相逢的緣分，阿嬤認為得要親自走到師長們的面前，恭敬說聲：「多疼我們一點。」才能算告一段落。

後來阿嬤玩跨界，成為彰化藝術高中的家長會長，賣爌肉飯之外開始演講、上媒體，和藝中學生訂下「阿嬤有約」，有少年ㄟ需要談一談，阿嬤就會準時到校。

我那則採訪結尾總提問，阿嬤想了一想，回答我：「可能是因為，我攏會先講出家己的身世啦。」

聽阿嬤說往事的這個小陽春午後，一直有股恍恍的現世感在阿嬤和我對談的話語間飄浮騰升，阿嬤的從前種種真彷彿是一步步的推理設局，人還在時光裡呢，凡事都已有了答案。

阿嬤善說，純臺語敘事肖聲肖影，處處是畫面，間插的幾句臺灣國語，更散發出戲劇的魅力。通常我們都稱長者「年輕時一定很美」，但眼前的阿嬤，七十好幾、灰髮、素顏、日常衫服，讓人感覺遑論昔時但說現時，鼻眉眼嘴都無一不叫人由衷說美，阿嬤連聲謙稱哪有哪有，卻有附加說明，若是要參加家長會長場合，那她就「有影，有影一定會妝甲足水。」

說到八七水災時，阿嬤的二兒子已將面紙一盒放在阿嬤手邊，平日再三對阿嬤加持催眠說：「麥講自己以前是艱苦人，媽，妳現在矮塞講哇是好野人！」的就是這個兒子。阿嬤的二兒子叫黃奇川，經營事業有成，阿嬤行善付出所展現的那股阿沙力氣魄，背後的靠山就是她的三個好兒子。

大水捲走阿嬤的家，一家人借住在別人的豬圈，失意的父親開始酗酒家暴，阿嬤身為家中長女，天天都掛心著父母的爭吵，父親對家人拳腳相向的暴烈一直落在心頭成重壓，她回到家第一件事常是從一到六點數弟妹人數，深恐自己不在家時，弟妹會被送給別人……

環境是如何置入與啓動一個人生命中的能量雷管？肉眼看不精確，有時也真超乎想像，但它們一直沉潛等候，時機一到就一次次引爆。後來阿嬤對幸福的想望比別人簡單太多，她想只要丈夫不喝酒，她一定拚了命的要讓自己的子女很好命很好命，結果阿嬤真的嫁了不酒又勤奮的好丈夫。阿嬤走到哪都要過平靜的生活，都極力護持平平和和、無風無雨的人際關係。阿嬤絕對見不得弱小受苦，全心在疼愛所有人的幼輩。

而小時候的貧窮匱乏，啓動阿嬤的是一樁大願：只要有賺錢，眉都不皺的大把去幫助需要的人。

但黃謝秋煌阿嬤本身，我必須說，她還真能挑動別人的神經，長者的殷殷慈愛與多所閱歷的豪氣，揉融出一種剛柔相濟無人可擋的收攝力。

一群半夜在省道飆車的中輟生到店裡，阿嬤堅決請客，「你們不工作、不上學、一直玩，我不放心你們，你們一定要讓我放心。」

那家中從事殯葬業，不想上學的體育班學生，阿嬤說的是：「這行業很偉大，你能接觸是天命，你真是勇敢，如果是阿嬤，恐怕會嚇到用爬的出來。」

對不想上學的音樂班學生，阿嬤說的是：「學音樂的孩子沒有人在變壞的，你的畢業展，我一定參加。」

對白天上學、晚上打工的學生，她用臺語說：「做官的沒雙重才，讀冊和打工沒法度攏做甲好。」

每次「阿嬤有約」阿嬤都帶去一整桌的餅乾飲料，「阿嬤，妳不會捨不得嗎？」阿嬤說：「阿嬤疼你們啊，我只有想到這是你們喜歡吃、想吃的。」

她上個月到彰化南郭國小「南郭電視臺」談小朋友自覺性的學習，走出電視臺，有個中年級小男生已等在門外，扳開阿嬤的手硬塞一罐蘋果牛奶在阿嬤手中就跑走了。這多像阿嬤自己的風格，直接就中，愛還需彆扭還需想太多嗎？

「窮人的孩子臉皮薄，有書讀不好的，請老師多叫他，叫他做東做西都沒關係，請不要忽視他。」阿嬤當年考上彰化女中，沒錢就讀，十三歲就到工廠當女工去了，這些是誰教她的啊？沒教條、沒學院、沒理論、沒實驗，阿嬤和你有約，約你來吃一桌的餅乾飲料或爌肉飯，你站起來離開的時候，身後會拉出一道金霧的暖光。

圖／黃奇川提供

都說年輕人冷漠無感外星人，

但阿嬤身上青春與白髮相遇的故事一樁又一樁，

愛，

流動來，

暖意，

流動去。

這些年，你愛我們這麼多

這些年，你愛我們這麼多——。

大度山上路思義教堂裡一場告別式，那哀泣的人子在自創曲中這般對父親唱訴。

下大度山，我又投身滾滾紅塵用自己一向的獨特身姿，天天巷弄光影間行走的我、下計程車拖著行李進高鐵站的我、狂踩單車腳踏急急衝向騎樓躲雨的我……，這句歌詞一直附在綜合精神的與物質的我的各式生活形式邊沿星芒眤閃，聲音穿越虛空、星體、記憶、耳膜，我有來得及說盡感謝嗎？又若沒說得完整他們真的全知道嗎？因緣宿世與今生親愛穿疊交錯，星河無數劫。

這些年，我已很少回顧過去，無色無味的孤獨其實很耐嚼，但我始終知道被愛很多。

你愛我們，我愛你們，愛，不就是兩造雙方，但很難算清楚取與付，愛是一直，沒有年限。

但我卻在這句話裡感性軟弱了好一陣子，猛然意念煞車，抽離出自己，除魅般清醒過來，然後，我沒能做太多但總是近距離看見的，身心障礙朋友以及一直伴隨照顧他們的殘障家庭父母，在我滌洗過清清爽爽的腦海逐漸浮水成印，放大。

停格。

●

好一段日子，我特別注視郭強生的書寫，這一次他寫母親的快樂，能讓母親變成少女的快樂。他說父母在年輕時曾擁有的某些快樂，有多少在兒女面前都隱藏了？或者被生活磨損到再也引不起同樣的興致了？三十年後他母親戀慕一輩子的偶像白光復出登臺，他目睹母親著迷的欣狂，他寫坐在臺下聽歌的母親，不被並不完滿的現實打擾，那一刻天地間「只有她和她的白光就好。」

童年、暗戀妖姬的青春期、夢幻著未來的那個新娘……都過去了……過去了。

二〇一四年尾，煙火待燃，我和我快樂是天賦的朋友們為畫話協會舉辦「圓夢・第一支舞」憶舊舞會。圓的是身心障礙朋友遠如天邊星月的舞夢，但更確切深細精準的我情感漩流的渦心，是郭強生的文字。

都過去了，無論你曾是怎樣的年少怎樣的狂揚浪漫或奇情，生命一轉個角度就回不了頭，忽忽時光過身，那些遺落的關於青春的難以細數的種種，傾圮牆隅敗草苔深的一只沉默箱子，安靜收藏桃樹燦亮月光的夜晚，那人走近的心跳，流金一般嫵媚無匹的華美。

愛詩、愛笑、愛論辯、愛跳舞……都過去了……過去了。

那智能遲緩女孩，髮挽起戴著小金冠打扮成蘇菲亞公主，羞答答拒絕一位高帥男生邀約的開舞，媽媽好開心的說：「她一直夢想有一天能像公主一般參加舞會。」

那在門口有點害羞的男孩，被媽媽硬牽拉進來：「啊你不是一直夢想能跳舞。」

那從進電梯就一直推說不會跳舞的媽媽，在熱舞中舞得暢興自在，舞伴是自己自閉的孩子。

我拉一位頭髮全白的男士進舞池，不知他是誰的阿公或爸爸，莊稼人或果農的氣質，舞會從頭到尾他都開心在笑。

我舞棍朋友們拉起協會孩子的手，帶他們隨歌聲擺動，左一右一，左一右一，不必，動就是了，兔子舞成一條長長的呵呵笑的臉，右腳右腳，左腳左腳，前跳後跳跳跳跳，你援引我，我扶沿你，大家一起向前，沒有遲疑，沒有張望，沒有惶疑，跳跳跳。

孩子們的爸媽看著孩子快樂而快樂，我得看著因孩子快樂而快樂的爸媽，回到遺落之前，我才快樂。

●

LoBo 柔靡的情歌響起：

But girl I cant tell her about you

how can I tell her about you

girl please tell me what to do

……

我看見怡劼爸爸擁著媽媽在慢舞。爸爸從前必定是舞棍，大家用帶笑的眼神交會這句話，那踩在節拍裡的身影如此熟練好看，舞會裡最成熟迷人的男伴，從不因自己舞技高明，而因很會在歌聲節拍用肢體體貼入微著讓不怎麼會跳舞女伴的靈魂也能在歌聲節拍中醺然低飛。

怡劼聰明有才華，肌萎症，這一年越來越虛弱。

我是今晚的DJ，知道這首歌在從前一向是留在舞會最後四支不換舞伴慢舞最強效煽情的經典告白舞曲，爸爸媽媽有對話嗎？他們會說什麼？

爸爸會說，對不起，我沒能給妳愉悅與幸運。

媽媽會說，和你在一起，共度的都是幸運。

整支舞，其實他們什麼都沒說，整個舞池都屬於他倆，落地窗外是三天後煙花璀璨絢美準備亮麗跨年的繁華夜臺中，現實暫時陷落，這一刻只有他和她，一個男子和一個女子就好了。

惆惆悵悵人生，偶一個光的角度可以回望涼甜過去就好。夢不夢，圓不圓，其實也都短暫而不真實，但要等什麼才算踏實？什麼都會過去，無前，無後，就這一刻。

舞會結束在蔡琴的〈最後一夜〉，全場的人都下了舞池，晃晃搖搖，拮拮拘拘，舞步竟自有極特殊異樣的眷戀依依，嗚～嗚嗚～嗚，曲終人要散。

●

只給一些自己可有可無的，不影響自己什麼的，在這世界上，愛很容易偽裝，那些不計自己的失去，不再看自己的需要，忘記自己的曾經的爸爸媽媽，無論如何，我都要替那些孩子們說個字字句句清晰完盡：

謝謝，這些年，你愛我們這麼多。

潤生

Line出現一樹枝黑花燦的緋紅櫻，紅豔豔的被窗框得剛剛好全滿，就在惠中寺一大面向街的明窗外。

下頭聊天寫著：「我們家的櫻花。」之後她遇到人就興高采烈補強：「你有看到我Line給你的櫻花嗎？不是那個名勝的，是我、們、家的。」

我是這樣被覺居法師誆的。

所以，那一日陪她上廣播節目弘法，我開車繞遠，特地載她經過春日小葉欖仁細細碎碎翠著綠著的麻園頭溪邊，導覽著說：「妳看一路從枯枝到點翠到滿樹綠的幼細的髮……」她正低頭滑手機看資料，忙得一直沒抬頭，車行不止，我繼續說這兒水文極美，各色鳥兒都有彼此間也很愛恨情愁，她拿出待會兒上電臺要用的稿子，在預習了，車轉彎往三民西路直駛，我好像還多說了什麼，後座的師姊好心應了一句：「老師，妳真的——很浪漫。」快到了，她理衣襟收稿子放手機還看了一下錶，吼，時間掐好的不會害妳遲到啦法師，可是，那個看見窗外春天，被櫻紅暈染笑靨的，不是妳嗎？

想起剛剛約她三點半出發，她行色匆匆三點十五分才趕回寺，我可以預見，待會兒上廣播結束，她八成又得立馬趕赴下一樁事，這一向就是我對她的熟悉不是嗎？她的行程通常是這一件正ING，下一件已經就緒在等她，而她總是集宇宙之全力投注在眼前之一瞬去完成當下事，起步，再往下一樁。

就這二年，明明辦完迎佛牙舍利子、佛陀巡境、兩岸文化遺產節、三萬人禪淨法會等等大型活動並中小型活動不計其數了，但我還是會看見活動前布置場地，身為住持的她親自在幫忙直線對桌椅，會看見法會開始前，她一人在廣場走右走左目測壇場物件擺設的角度，我也看過無數次她站在接待櫃檯親自接電話，當然，很多人來到惠中寺都要找她訴心事求開解，隔壁水果行老闆娘那天來找她，直接就說是來拿「藥」，拿一帖佛法的藥。

太多事要她去做。她曾敘述有一對兒女都在國外的老夫婦，生了病就是八十幾歲的在照顧七十幾歲的，「可是，」她唏噓著說，「我哪有辦法去陪伴每一位老人家呢？」

那滿枝櫻紅，絕對是潑飛綻亮在這事與那事之間的一個剛好，被她一抬眼驚豔撞見，立即低頭迅速滑手機，傳送，在她褐黃衣角飄動揚起的剎那，然後，她已經走進下一件事。

也或許，她本性是照見櫻紅那一瞬，但人生不就是這樣嗎？走著走著，風景及路況都大不同了，一路成就了恁許多事，就是沒留一處讓本性安頓舒展的空間，頂多只能讓它在山壁巖間迅速一抹光影掠閃。

不見得那段路那片坡就是陡轉的關鍵，但十多年前那件事，一定有分量。那一年，九二一大地震。

當時她是草屯禪淨中心的住持，草屯，近震央。她天天帶著大家深入餘震不歇的危險地區救災，眾生受苦的臉歷歷，生死如此臨身迫目。每天晚膳時間，來支援的依空法師總要一一細睇救災回來的他們的臉，因為明天他們出發，不知道還能不能再見到他們。

這場大地震刷新臺灣人的天災經驗，也確定了一位年輕住持與眾生之間今生的位置，她不只身處眾生之中，她一定要提供眾生實質而有力的幫助。

弘法、禪修、慈善、公益人間佛法的實踐之外，她明白人文柔而緩的巨大力量，推動惠中寺成為文化、教育、藝術多元的文教中心，我在惠中寺社大開文學課，盡己之力是我的本分，但我同時也知道，如果學生剩二個她也會支持我開班，如果只剩一個，她會自己來報名。

這法師是夢想家兼實行者。

願與力交相乘，三年後，一幢人間性非常強的新惠中寺將在新址應願誕生，內有可容二千人的大殿、一千五百人的國際會議廳、優質的表演場所，以及穿透性極強的樓頂戶外禪堂，除了弘揚人間佛教，這兒更精確的定位是全臺中市民的惠中寺，臺中國際化，惠中寺同步，全寺資源由市民共享。覺居法師規畫寺院會種四季不同的樹花，供市民在花下泡茶聊天，她說來在惠中寺，因由不同的四季風貌，花下的人們也許會有不同的對話。

那麼，細密交織許多人最美好的世間記憶，位於城市都心的舊惠中寺會如何？在事與事之間奔波，身為住持，她真的非常忙碌，但她沒忘記她說過的。她無法陪伴每一位老者，所以舊惠中寺將成立一所老人日託中心。

寺門第一次不寧靜，最近有人在惠中寺生事，住持為此三天三夜不成眠。居士是疾何所因起？從癡有愛，則我病生。以一切眾生病，是故我病。若一切眾生得不病者，則我病滅。

去電臺那天回程，我向她請益《維摩詰經》一句為什麼菩薩為眾生要入生死？她回我無情是最高境，但為眾生，得留愛潤生。

我懂，修行在人間，在人間就還是得有些癡有些愛，帶著眾生的病一起修行。這次換我Line她：「要做更大的事，得應更多的變。」

窗外緋櫻已落，葉影參差，參政治一如參禪，法師，為眾生，妳是夢想家兼實行者，仍可以拈花微笑。

圖／李東儒

這場大地震刷新臺灣人的天災經驗，
也確定了一位年輕住持與眾生之間今生的位置，
她不只身處眾生之中，
她一定要提供眾生實質而有力的幫助。

行者，始終在路上
——不停下夢想和行動的林明德

始終在路上

有一種人，他們身上有一只特殊鍵鈕，和剛健的心魂連線，一按，不休，電弱，隨充，於是袖袍一襲穿行荒原、大漠、城垛、鄉野，日光的夏葉蓁蓁，月光的蟄蟲吟吟，足趾按地，屐痕深猛。

行者，林明德老師，他與他一樁樁實踐又新築的夢，始終在路上。

總得有人作點夢

一九九六年，從輔仁大學中文系退休的他來在彰師大國文系，我大學老師來到我居住的小城，我們師生遂得以緣續，二〇〇五年他擔當彰師大國文系主任，二〇〇六年他成為彰師大副校長。

我一直都知道，老師出入雅俗之間，學術之外也從事民俗文化的田調、研究、推廣，那時他來在彰化，我有機會多聽他說些底蘊厚實多樣的民間文化，偶爾跟著他吃到美食，自然而然小小享有很多場合的因他而沾光，當然，我怎麼可能會沒感受到，在我足堪勝任的事務上，老師對我不著痕跡的調排與拉拔。但我有我的小日子，他有他的大風雷，我們的交集終究不算太多。

很多年後，我觀照生命的規格有所不同，在流轉消蝕無一時留住的幻美世相裡，分外對意志及意義起敬。民俗是一切藝術的土壤這面大旗纛，老師從青絲到白髮，高舉了三十餘年的手從未絲毫力絀，以「中華民俗藝術基金會」為根柢當核心，對繁複豐美的民俗藝術文化資產，從瀕臨滅絕的搶救開始，尋覓各種契機，有系統、有規模的保存，並賦予新的美學價值，世事回首才清明，我終也領受到，臺灣民俗文化如今展現的美與莊嚴，是像林老師這樣的一群人，鍬鍬土土拓地荒墾長年掙出來的，他們並且會永續經營下去。

林老師在彰師大任內那幾年，我近距離清楚看見的，是他任事者的承擔並改革者的氣魄。「總得有人作點夢。」他說，而有人的夢想用來實驗，他的夢想都用來實踐，我讀過他一首小詩，寫自己春夏之際行走白沙校園，樹樹春色，乍聽一聲蟬嘶，然後「一樹蟬，一路蟬，滿園蟬……」他寫他的一眼銘記、隨行偶感，我讀我的自由心證、觸物聯想，我腦中同步出現的，就是他彰師歲月這一路跑馬的系務、院務、校務、除弊、興利、反思、開路、轉化、拓局、本土人文講座、國際學術研討……而「眾蟬交響，好像在迎接夏天。一樹鳳凰花可以為證。」

小徑、路燈、踽踽獨行的身影，總是在走比較辛苦、付出需要比別人更多的路，朝八晚十二，他常是行政大樓最後一位熄燈人這一幕，一樹鳳凰花哪夠為證？地席天幕，蒼茫宇宙，這得星與月才夠。

完成一個文化大夢

二〇一一年林老師從彰師大退休離開彰化，留下的是涵攝他在彰師大所築構人文建設在內更大的一樁文化工程。追逐天際線的孤雁，以飛行證明自己活著，那些年，天際線上逗引他不停追逐的是去完成一個文化大夢想——啓動彰化學。

朝八晚十二，

他常是行政大樓最後一位熄燈人這一幕，

一樹鳳凰花哪夠為證？

地席天幕，蒼茫宇宙，

這得星與月才夠。

啓動彰化學真是林老師的一場人間大夢，這是一樁多元的整合工程，全方位多領域探索彰化內涵，學術殿堂與民間文學並進，本土和國際雙軌，新舊文學兼顧，深挖彰化人文底蘊，累積半線文化資源，透過產官學合作的模式，成功型塑了「人文彰化」的耀眼圖像，聚焦彰化學的研究，也增加彰化學的國際能見度。

我和老師對彰化的愛或許同溫，然而美學是相對的，零星亦不失其美，單一存在，感性、抒情，但只有聚點為線為整體全面，才能規模遠舉，化而為史頁般的壯闊恆存。小日子和大風雷，本質上的差異在這裡。

《彰化學叢書》無疑是其中一枚漂亮的圖騰，凡與彰化相涉的多種主題，分門別類應有盡有。每年十二冊，八年六十冊，他自己都說：「從起心動念，因緣俱足，到逐步推出，其過程真是不可思議。」

有時我會逆向去想這件事的：如果老師沒來彰化？

二〇〇九年頒發的「彰化縣政府第十一屆磺溪文學特別貢獻獎」沒頒給彰化人，此獎並因此而修法：得獎人只要服務彰化有所貢獻，不再以彰化人為限。

這屆的得獎人就是林明德老師。

一場始終不渝的夢

二〇一四年老師的詩集《詩路》問世，這本書跨越五十年時空，依序收錄的二百一十九首詩，貼緊著老師的生命歷程，老師將之當作一面鏡子，「照見時光隧道中許許多多的自我」，我一向知道老師是溫潤的暖色系的人，只執善力一爆發，便成鑄劍洪爐的焱光，一直到細讀老師這本詩集，我驚訝於他對詩的一往情深之外，也才算完整的閱讀了老師。

都說詩脫離作者就獨立了，讀者擁有詮釋權，所以我從詩中同時看到了老師不輕易流露的內心，他一向是風頭上的成事的那個人，我想，唯有詩的掩映與留白，最適宜繁華邊際的翳蔭。

夢想的虹高掛在荊棘之園的天空，比意義本身更大的意義是，無論風雨或晴，夢行者心如冰堅，不忘初衷。

義大利名導演費里尼拍出無數經典大作，他說自己心中其實一直想拍一部關於他出生家鄉的電影，但有人提出異議，說他「根本沒拍過別的」。童年，一直是靈魂底處一艘靜靜的泊船，一個一生匾額、聯楹、土地、庶民的人，他的故事和襟懷，恐怕要從濱海的南方漁鄉，吹著福爾摩沙的風，逐戶細讀門聯的那個小孩一雙訝喜新奇的眼眸說起。

島國政治風煙，也曾蒙霧過老師夜晚讀書寫詩的那盞孤燈，所以老師視美麗島事件為一場洗禮，會被賴和一句「勇士當為義爭鬥」直撞心坎，將對臺灣的守護當作知識份子的肩負。

我對〈籤詩心解〉一詩印象特別深刻，感覺老師以新詩解廟籤很見別緻新巧，寺廟籤詩充滿著命運的預卜性，在我眼中，《詩路》中幾首他年輕時的詩作，才真像是林老師生命中的霞海城隍廟籤詩：

「等花事都過了／你，孤絕的英姿／千指崢嶸，高舉燦然／盞盞，寂寞的輝煌」（〈木棉樹〉）

「縱使寂天寞地／自有一盞燈，亮著」（〈夜在臺大〉）

圖／惠中寺文宣組提供

還要為義抗爭，
還要擘畫民俗工程，
還要書寫文化發見，
還在耕耘彰化學、踏查臺灣飲食文化，
他，還要寫詩，
退休揭開林老師人生的新起點，
他依然在人間忙碌奔馳。

「年歲四五十蒼茫獨立，情懷可不可動靜隨緣。人間色香味用心若鏡（橫披）」（〈現代春聯〉）

他三十幾歲寫下的這些詩句，可以被巨大撐開到承載他的一生。至於這一首〈邁上六月的行程〉：「他，邁上六月的行程／似僧非僧，隱隱記得／來 衝風雨／去 踏煙霞∥斜照半峰／青，是我／還山／路」，來衝風雨，去踏煙霞，半峰青處，是我還山的路，這毋寧是他教授生涯四十年榮退的心情吧，不，寫這詩的時候，他在輔園，才二十三歲。

那沒特別標上書寫日期的〈詩寫半線生活〉，將他卦山十五年捲軸似鋪展。

書中再三出現的「天際線」，於此詩小序仍出現，這次老師當它是一根絃，「任由旅人彈唱／寂寞，是唯一的音符」。

是生命軌跡，惜人間真情，留民俗風采，有時事批判，寫當下知感，詩可以興可以觀可以群可以怨，古人十年磨一劍，老師寫詩五十年，詩，是老師生命中一場始終不渝的夢。

年後打電話給林老師，電話那頭傳來他開朗的聲音：「彰化學叢書又多了蔡志忠、王定國、施文炳……」，還要為義抗爭，還要擘畫民俗工程，還要書寫文化發見，還在耕耘彰化學、踏查臺灣飲食文化，他，還要寫詩，退休揭開林老師人生的新起點，他依然在人間忙碌奔馳。

只記得說要事，冬日讀經偶得的想和老師分享的那幾句話，電話中忘了說：

一等根器，憑著崇高理想而行事，二等根器，憑著常識經驗而工作，三等根器，憑著自己需要而生活，四等根器，憑著損人利己而苟活。

性命的形影這呢深

已逝的王灝寫林老師「性命的形影這呢深」這幾個字，我愛不釋手，一遍遍讀一遍遍加濃描深，夢想擴大了有限的生命，我們都蹀躞在粼粼閃爍金色波光的時光長河之前，唯行者，能在天地間迴身，對生命長長一參，身姿瀟灑，剛健無礙。

散文微講堂

歸納與聯結

直接經驗，是我自己的。
間接經驗，是我看來的、我聽來的、我讀來的、別人的。
二者穿梭交織而成文。
散文中被用次數最多的字是「我」。
〈十三〉，是我文學班交作業率最高的一篇。
你生命中必然有一個特別的數字，
你從沒被提醒，從未細細歸納聯結而已，
請用幾天認真去想，
經由哪些人事證明這數字對你的特別？
你賦予它怎樣的意義？
一篇散文就是這樣誕生的。

卷三·曾經

圖／石德華攝於臺中

江也依悉，山也依悉

1

那時候；那是沒手機拍照沒修圖沒特效的保守年代；我自掏腰包請照相館老闆幫我拍室外，八卦山，單眼長鏡頭，柔焦片，再加上我自己當時很愛旅行也玩單眼，於是相片裡是個斜綁髮，倚著行李優雅蹲身，手拿相機，專注看著遠方的，感性柔媚非常美而瀟灑的女子。

是我理想中的夢幻形貌，當然不完全等同我平日的形象。

後來我有位女同事以一種微妙複雜的口吻對我說：「我學生某某說——，咳，他說的啦，他說一點都不像，幹嘛要這樣——。」

我同事微妒或不習慣生活周遭會出現一位作家的心情，我是明白的，作家明亮神祕一如遠星，這整天和你吃吃喝喝的人怎麼可能會是？

但是，生命中總有些事，值得你創意全開、勇敢執行，可以完全不必顧慮到別人眼光，只當你平日不敢但真正想要的自己。

比如，你要用在生命中第一本書書背的那張照片。

我的第一本書，《校外有藍天》。

2

江也依悉
山也依悉
少壯沉雄心事違

清朝大詞人龔自珍重遊二十五年前的舊地，抒發出這樣的沉吟，人家問他重來的心情，他回說：

吟也淒迷
說也淒迷

載得齊梁夕照歸

二十三年後要重新說起自己的第一本書，心情哪會差他太遠？短短幾句詞裡，滿滿都是時光的流盪與際遇的無常。

《校外有藍天》是校園勵志散文，真正合了伊始迄今，我四處演講對文學的一貫主張：你選擇題材，題材也選擇了你，生命中的偶然，其實是必然。

書上自序的第一句話就道破了：

我生命中，華美宛若流金的歲月，都在青青校園度過。

從廿一歲大學中文系畢業到四十八歲教職退休，我從沒換過職業，單純的歲月，簡單的心，我想，我應該就是個不錯的老師吧，我是真正在了解專屬青春的歡笑與困愁，它們有時莫名，有時張狂。

所以有人的女友一定要讓我見見，有人只肯聽我的話，有人只要是我監考就絕不作弊，有人離家出走只肯告訴我去處，有人……，這世界真需要純氧的空氣提供給急促充沛的肺活量去呼吸，我於是寫下對年輕人的提醒叮嚀，以為可以終結無謂的跌撞與創傷。

《中華日報》青春版每週一篇的專欄集結成書，娓娓告訴年輕人柔定的為人質素，以及生命的永恆價值，那是教科書、測驗卷之外，看向校外的一口方窗。

窗外的藍天，敞麗悠闊。

3

說「時間和巧克力以及咖啡一樣，抵抗是徒勞的」的那個愛攝影的男生，網路私訊給我：「請問妳是那本《校外有藍天》的作者嗎？我很喜歡妳的著作。」民國八十二年服役期間買的，他說：「經過二十餘年仍會翻閱，每段時間閱讀感受都不一樣。」

寫作二十多年來，我知道一直都有像這樣的讀者散落在我看不見的角落，這就是我自己的小宇宙自己的小永恆。

我寄了去年出版的散文集《約今生》給素昧平生的他。他也許會訝異，書寫選材完全不一樣了。

從《校外有藍天》到《約今生》，從第一本散文到第九本，從校園勵志到生活抒情，從我的繁花似錦到我的綠樹蒼蒼，人生際遇不同了，創作上對題材的處理自會有所不同，有時，連風格也不會相同。

散文是我，散文尚實。

離開校園後我就此不再書寫校園。勵志對我而言，原來還需加上後來我自己更多的跌撞與創傷才能真正算數，可喜的是，柔定的為人質素，生命的永恆價值，檢驗再三，我都看見自己的穩固堅定，不曾改變。

二十三年前，套好的一個個假裝向書店櫃檯詢問：「還有《校外有藍天》嗎？進多一點，這本書很好，很多人要買。」的同事朋友們，早已風流雲散去。

陪著媽媽去書店偷偷將《校外有藍天》平放到最醒目位置的我的女兒，現在都已是一個小男孩的媽媽了。

成書前一個字一個字幫我校對的文夫、發掘我為我出版的名作家曹又方，都已離開世間。

那些年偶爾會到書店去看一下我的書還在不在架上的我小弟，生命已陡然變故。

在我感到生命極其虛無的一個特殊時空，我扔掉許多書信紙本，包括密密手寫的讀者來信，其中很多提到的是《校外有藍天》。

《校外有藍天》出了八版，現在已經絕版。

……

二十三年，我生命的海拔已然不同。

一切都被時光含融了去，抵抗時間是徒勞的。

4

江也依悉，山也依悉，我仍在書寫，讀與寫是我的吐納呼吸，我當然還會有下一本散文集，只是許多許多年後的今天，有人話題再起我的第一本書，我於是回頭從書架取出，挲摩扉頁，玩味文句，翻看書背，

臺中市一景。

凝睇住那張浪漫的照片，總是覺得，好愛當時的自己，好愛那個能自我作主的瀟灑女子，好愛那種不世出鄭重無比的心情，好愛她知道絕高峰頂只一座，第一次，不會重來。

5

歲月無邊，時光靜靜，數不盡扉起與頁落，一翹首，載得齊梁夕照歸。

一切都被時光含融了去，
抵抗時間是徒勞的。

我的彰化眼

1

FB之一。

「妳是彰化高中，石德華老師嗎？」

「是的。」

「我好友總是常提到到妳的名字，所以我問一下。」

「請問我學生是哪位？」

Messenger出現一個名字，隨後寫著：「他已經去世好幾年了……」

FB之二。

「老師，我是經緯，彰化高中民國八十八年入學那一屆……，昨天電影欣賞活動看了印度片《心中的小星星》，會後的心得討論中，有一題是『在你的生命經驗中是否也曾經有一個懂你的老師？』看到這題目，又想起老師您。」

FB之三。

老師，還記得那一節，妳上完《紅樓夢》，彈吉他帶我們唱歌……

FB之複數，

老師，我是妳彰化高中學生，……

2

網際網路已成為世紀性工具平臺，帶來面目嶄新的連結脈絡，但這麼活潑勃旺的世紀社交方式，會落在我安靜生活裡，竹帚輕掃，芳陌塵開，一路分花拂柳，直往那半虛掩的，記憶的門扉，這著著實實是我預料之外的事。

不回首的人，踽踽行在玄天黃地，別有一股蒼茫爽辣的內在，骨髓神韻比不得膚髮皮毛，別人不一定看得懂，至少，他們通常會用不軟綿、不糾纏的風格存在於天地之間，將人字寫得朗俐，但視角終究沒能三百六十度自如搖轉這件事，無論如何，都得看做微殘有缺。我是不太回首的人。

能力恰巧只夠一路往前，實在沒有餘力頻頻回首，也因月高掛，梧桐枝疏，在天清似水的夜色下，人或許靜靜站一會兒就最好，何必要讓那飄緲的孤鴻撲翅驚起。回首總不免要驚動封得安好息靜，你最戀戀又莫可如何的過往。

是FB意外給了我小成全。

3

但是，人怎能逃得開家鄉？跋山涉水走遠了自己都以為不再相干了，突然一天只不經意一個姿勢，就發現怎麼還是有一條發亮的細絲，韌韌相繫著一個看不見卻一樣發亮的微點。家鄉是什麼？童幼、少年、青春、成家、立業之所在夠不夠？父母骨骸安頓之處夠不夠？

我天生愛小城鎮，那有著適合腳踏車胎痕無聲輾過的小市街，輕鬆一拐就彎進的通向驚喜的小巷弄，和那隨處目遇的被時光無聲刷洗過的牆垣窗框。一個人年少住過的地方，其實終生都跟隨著你未曾真正離開，那是一種耳濡目染的深刻品味。一九六一，民國五十年，我來到彰化。

五十多年來，整個彰化城始終存在於消失與新生的疊影皺摺裡，舊，從未真正消逝，新，也沒貫徹透底，我於是像個人與魂之間的載體介面，經過新建築想起它的舊故事，注視著今生不斷說起前世，這是我與彰化的靈魂交纏。

彰化的大故事都在網路上、文獻裡，你一按鍵就能知曉，至於美感不夠，古蹟太新？我一直看做在地質樸的民風本性啦。山上有七壙鬼故事。三角公園仔有我會多凝注一眼，那目睹過時代悲劇的電線桿。位於黃金地段一直沒翻建的土豆旺的矮屋，他們家女兒終究沒出嫁。我編參考書，選錄中部作家作品，編輯審查建議有一項說：「選文性質重複，多批判類。」我答覆：「沒辦法這是彰化文學特色喔。」住夠久才能知道日常軟歷史，離開彰化很多年了，我總是知道，我有自己的彰化眼。

彰化市中華路一景。

五十多年來，

整個彰化城始終存在於消失與新生的疊影皺摺裡，

舊，從未真正消逝，

新，也沒貫徹透底。

4

鎖焦彰化歲月，時空座標最濃黑的交點在民國六十八年，彰化高中。

那年，臺灣將邁進八〇年代，農業社會正在轉型，民主風雷隱隱，經濟正要起飛，我二十四歲，小康人家女兒，公教家庭出身，一身月光桃花的倒影，剛考上公立高中教職，也才剛剛出了嫁，有著早早就將未出世兒女命名妥當的幸福女子才有的浪漫，個人小生命和經濟大環境都預見一片三春好景。

而我就是在這個地方、這段歲月，翻看到最真實的自己，我伊始至今最完整的那個自己。

男校裡的女老師，怎樣都討喜，我是個很會說故事的國文老師，文字與紙本的時代，愛用筆記細細記下每一課的補充資料，我想那是我尋索資料及細密書寫習慣與能力的無形養成，身為國文老師，理所當然是校刊要稿的對象，不能閃躲的情況下勉強給個稿子，以及每二至三週，例行批閱二班一百、三班一百五十本高校男生的作文簿，這些總和，大概就是我與文字書寫的所有交集。

那個時候，一進入德之門右邊沿牆迤邐一大片洋紫荊樹林，春天到了，粉紅花開如霧如帳，樹下芳草鮮美、落英繽紛，那兒是我避秦的桃花源，自我的小宇宙。成排石棉瓦、木格窗的平房教室內，不論過秦或出師，朝陽和夕照都在迴廊靜靜打照不同長短，悄然移轉的金色斜邊梯形。圖書館前五月的大荷花池，是多少春青年少單色日子裡柔紅色的娉婷輕夢。班級歌唱比賽練的是〈聞笛〉、〈回憶〉，生活競賽倒數第一，全班被我罰站在蔣公銅像前……。清寧裕和，困難小小的煩惱也稀鬆，很大的一塊空間留給感性可以恣意蔓爬瓜熟蒂落，我滑如綢緞的小日子。

一塊黑板一方講臺，教師在校園一直扮演純化了的單一形象，叛逆是學生的特權，大概不太有人會相信，老師自己也有生命抒解的迷津與問渡，不安分的內心是一只貼了封條的沉默土甕。安定提供我一片沃潤的心靈原野，我徜徉、奔跑，也想要起飛，而老師是共同的名字，性靈是獨自的伸延。

然後，時光在人們的注意與不注意之間，將美麗校園一塊塊挪移，現代水泥樓舍相繼崛起，校園神貌全異，將近四十年了，像小城一樣，剛好夠輪迴一次前世與今生。

老在石階上，葉密蔭深的十一棵鬚根榕樹，該是這校園身世的唯一印記。

從傳統保守到議論風發，從低升學率到比醫科錄取人數，我來到，我離去，那麼，是從在校園的哪一天起，我突然正式提筆寫作？

一個得從頭說起的大申論，怎能用一個太簡化的選項來出題？困境分現實中與心靈上二種，以及這二種的交相互作，寫作的某種神祕緣由，似乎和困境相關。

而成長不分時段沒有速限吧？看得見的絕不會是生命的實相，看不見的無一時稍歇的悄然變化才是生命唯一的規則吧？人事的順逆變化，無論如何都會在生命留下自己起初不太明白，卻已然產生深刻影響的效應吧？每一件事都有發生的意義，每一樁意義都讓我一層層撥翻掀揭自己。我不斷書寫與完成。

當作家多年，起先，我一直告訴別人，熱愛生活才能提筆寫作，這些年，我修正了我自己，現實無法滿足一個人，於是，他提筆。

5

寫作者散發的氣味，同類風嗅就能遠至。校園裡一年年，我總能看見那些獨特的身影。

他們或許是校刊社或不是，寫詩寫散文都被說是功課不好的原因，裝成很合群可每每還是顯得怪，上課鐘響可能還在校園慢慢晃，放學來在辦公室總想和老師分享一些什麼，尤其談一下課本外的事比如文學。

後來我跟著學生讀《吾命騎士》，一束陽光透過地下室高高的小窗，浮著游塵，打照坐在高椅上校刊社社長那一幕，會讓我想起當年在校刊社，現在在拍紀錄片的陳榮裕。寫散文、製作電影的鄭立明，我一直不太確認，他是否就是當年教室裡沉靜愛思考的我的學生。陳偉文去世之前是出色的傳媒文字工作者。我從《大風吹：臺灣童年》讀到我沒

民國六十九年攝於彰中校園。

而我就是在這個地方、這段歲月，
翻看到最真實的自己，
我伊始至今最完整的那個自己。

親見，但可以想像在校園廊道走過的王盛弘……

陳思宏和鄭元傑就是這樣來到我面前的。他們創作，不為什麼的就是創作，我到現在都還記得，元傑端秀的字寫分行新詩在紙上有多美，有一次他們哈哈大笑來告訴我的是數學考鴨蛋。後來我當然懂了，孤獨就能不為什麼而創作，創作本身就是孤獨的延伸。有一天，他們興奮無比，奇文共享的帶一篇外校學生的手稿與我分享，我記住了稿紙上那個特別的名字，明道文藝營，孫梓評。

孫梓評後來當了大報編輯，鄭元傑當了北一女國文老師，在網路上常看到他到高中校園去作「新詩創作與教學分享」，陳思宏？出生彰化叛逆柏林，散文、小說外，還有電影作品。

他們都長成面對面走來我都不會認得的大人，很多年後的今天，我依悉記得他們的清純年少和那白紙張那墨色文字，多像扶沿一灣汪沛的月光河流尋溯，在巖岬峻處，掬起一握最初起的淨白湧濺。

一個小城，一所校園，一排老榕，一份相同的執愛，我們雖終究不同，但生命的最底層，會留有一種微小而深刻的相同。

6

我的第一本散文集，為青春年少而寫的《校外有藍天》自序第一句是這樣下筆的：

我生命中，華美宛若流金的歲月，都在青青校園度過。

最後的故事

螢光幕上那年輕時尚男子，用別頭努力噙住淚，我知道。這話題除非你不碰，一觸很難不傷情，就像按鈕不碰就沒事，它一直就安分靜在那兒，一按，情境一定會翻動。

那天談話性節目的主題是「猝死」。主持人提到喪事期間，煩冗細碎的禮俗讓忙碌勞累覆滅所有感受，要到喪事過了，一個特殊的微妙的時空，透過一星記憶微波，你才突然感到至親真正離開的撲天蓋地的悲傷。

電影《父後七日》將整場父喪，誇張處理成一樁荒謬突梯的悲喜劇，然後，女主角回到平常日子，在機場習慣性幫父親買香菸的片刻，突然想起父親已不在了，悲傷整個潰堤，她掀蓋氣衝般號淘大哭。

我那學生還在讀博士班的時候父親過世，他是老兵的兒子，軍事管理下談不上多細膩的父愛，小時候他常羨慕別人父親的年輕親切。冷靜打理完父親的喪禮他沒流一滴淚，七七都過了的一個平常日子，他在大教室裡聽演講課，來的人很少座位很空，全場光線暗著，只不遠處講臺亮著金忽忽的燈光，他突然想起父親，父子就這樣嗎？就這樣嗎？獨自一人坐在空盪盪最末一排的他伏在椅上大哭了起來。

那兩年母親狀況多，常常我星夜開車回彰化處理突發的事，翻越銀行山的時候，總忍不住踩足油門加速馳駛。母親過世後，有一次我又夜晚車行銀行山，熟悉的寶藍的天黑了的樹暗了的路，我習慣性踩油門飆馳，突然想起猛然放開油門，趕什麼呢？母親都不在了，然後，在夜晚的山頭停下車，淚下如雨。

螢光幕上這男子說有一天他回老家，躺在床上準備就寢，視線剛好對著房門，這時刻他突然想起父親，因為父親生前，總是在這時候以同樣的角度進入他的視界，但記憶中的畫面，父親總是東張西望尋找著什麼，他想了一會兒記起來了，父親手上總拿著電蚊拍，在他入睡前，不說什麼走進他房門驅趕蚊子。

總有故事。悲傷不是存在與消失，是記憶的方式，而記憶會收藏一些不為人知的祕密的落影，一個人最後的故事，不在生命終了那一刻，在這些落影浮凸在另一個人心海的時刻，在那按鈕。

那男子的父親去日本旅遊時猝死，日本國情三天就要火化完畢，他趕赴日本辦完父親喪事，將骨灰罈放進黑色大背包，反背在前胸，帶著父親上飛機回家。

捧在胸前的骨灰罈透出骨骸火化的溫度，這年輕男子說：「不知多久沒抱爸爸了，最後一次抱的是骨灰罈的溫度。」

我和女兒一起去挑骨灰罈，是丈夫在安寧病房最後的日子，我要一手打理所有的後事，讓他安心無牽掛，很多事我都得提早一樁一樁勉力去完成。禮儀師家有個木架，一格格安放各種形色的骨灰罈，玉石質地在燈光打照下漾起小小的亮澤，在安靜雅潔的氛圍下，像一個個藝術品在展示。和女兒交換了一個神色，我們選了一個最簡淨無華的，無聲但我們都聽到彼此在說：「這和爸爸的個性最相像。」

楊逵家骨灰罈的故事是友情。

一九三七年日本警察入田春彥與楊逵葉陶夫妻結為好友，他自殺後骨灰罈一直放在楊逵家，雖然入田春彥遺言骨灰要灑在首陽農場，但楊逵夫妻一直捨不得，他們要想辦法讓入田春彥回家鄉。後來，國民政府來臺，楊逵葉陶經歷逃亡入獄的日子，情治人員常半夜闖進楊家翻箱倒篋搜索，又加上幾度搬家，於是一九五〇年，楊家大兒子楊資崩以楊逵原名楊貴的名義，將入田春彥的骨灰罈安置在臺中寶覺寺，並且不放棄尋找入田春彥的日本親人，終於在一九九九年，由入田春彥的外甥女將骨灰罈帶回故鄉。

山東煙臺聯中張敏之校長的骨灰罈，愛與淚與和解的故事。

一九四九年發生的「澎湖山東流亡學生案」，一直到二〇〇〇年獲補償、立碑終告平反。當年在一位稅捐處主管的請託下，冤案中因「匪諜」罪名被槍決的張敏之校長的骨灰罈，暫時寄居六張犁靈骨塔，幾年後，殯儀館通知讀臺北護校的張家長女張磊，請她來付錢或遷出，張磊不忍添加遠在屏東母親的煩憂，她領回父親的骨灰罈，偷偷放在宿舍的衣櫃，天天睹物思人，想父親的冤屈，想母親的屈辱勞苦，卻誰也不能說的蒙受著壓力，一直到弟弟張彬到臺大就讀，張磊才將父親交給弟弟。「移靈」那天，姊姊將骨灰罈緊緊包在枕頭套裡，綁在腳踏車後座，崩潰大哭著看著弟弟騎腳踏車載父親離開。

從石牌回到羅斯福路宿舍，張彬請父親坐在床上，然後跪下來，雙手抱著父親和父親開始談心。從小到大，他很少有和父親如此親密的時光，他說：「爸，你好不好？」彷彿聽到父親叫他的小名在說：「我很好，別哭了。」他抱怨父親拋下他們，聽到父親在說對不起，他質問父親為什麼要管那些事，父親對他說如果時光倒流，事情會不一樣，他聽到父親在說：「我需要你們的諒解。」他也對父親說：「我們都很愛你。」講完話，張彬右手抱著父親，左手抓住舊毯子，父子倆一起蓋好，沉沉地睡著了。

張彬將父親的骨灰罈鎖在衣櫥裡，一直到大學畢業，父親都陪著張彬，他感覺寂寞或者悲傷時，就從衣櫥請出父親，父親活著時候，他們沒有父子單獨聊天談心的機會，這樣的時刻，父親只陪著他一個人。

煤油燒的才有骨塊，瓦斯燒的就只剩骨灰，骨灰罈裡裝的是骨是灰都是一生，罈口密蓋著，榮華或潦倒都無聲，但生命只要存在過就不虛無，骨灰罈是最後故事裡的故事。

肉身的我，骨灰罈裡的我，別人記憶的我，失去我會是別人悲傷的我，世上沒有卻仍有的我。總有故事，一個人最後的故事，從最後開始。

寬緩

這裡是病房，和一般病房不同在於，色彩比較明亮，角落常有幾個像是家人的低聲商量著事兒，這兒多了洗澡室、佛堂、往生室。

稱做安寧或緩和都行，它就是一種病房。

這些年的五月，我都隨佛光人來在這裡舉行佛誕浴佛。靜靜看著佛光人做事，隨他們輕輕走動，在歌聲中幫著唱和，我什麼也沒能多做，只坐著和病患及家屬說說話，每當看著他們起身離去的背影，我都很想大聲說：「我能幫你們什麼嗎？」

生死，誰能真正幫到什麼？生命流逝之前的一段不堪的時光。

J眉目鮮麗，不笑時大眼睛有種炯然的英氣，笑起來眼就彎成孩子氣的新月，四十歲不到，陪丈夫一起來浴佛。她丈夫癌末，醫生盡了力後告訴他們，無藥可治。

「已經接受了，」她丈夫從大口罩內透出的語氣淡然：「打電話告訴我爸的時候，他電話筒拿著不出聲，很久。」

我大概說這段時間就儘管相愛或者些什麼，J哭了，她丈夫驚訝的看著她：「妳怎麼——」，然後眼神轉向我：「我從來沒看她哭過。」

後來，我約J再見面，依然是中榮緩和病房大廳，我帶了兩杯星巴克拿鐵當慶賀，在母親節那一天。

她說丈夫是家中受寵任性的么兒，當年高中換了七所，工作也不斷換轉，這五年，她開始看見丈夫的勤奮努力，少去抱怨，願意承擔風險，學會如何和人相處，也懂得低聲下氣當老闆，「他開始有肩膀了。」J這樣形容，就在這樣的時刻，病魔潛聲鵠立在他們家門口。

談話間，她接一通電話說聘請夜間看護的事，也告訴我也許下星期要居家療護了，她要想辦法去買一部適合的機器幫丈夫抽胃脹的氣。由小通常都可以見大，這女子擁有獨立、果決、執行力強的特質。怨不怨命與運？J說自己十六歲就出社會工作，從服飾店工讀生，到受信賴的能幹店員，到獨當一面的店長，到為照顧丈夫而離職，經理都說位置留著等她回去，「一生都一路往上擠，我只懂往前衝，從不多想什麼，唯一想的都是如何解決問題。」

這世上，只有一件事，讓她感到徹天徹地的無助——丈夫的疼痛。她沒有一點辦法可以分擔或減輕丈夫的疼痛，她從不在丈夫面前哭，只一個人開車的時候，獨自在封閉的小空間裡全盤崩潰，縱聲號哭久久不止。

因由對緩和病房的不了解，入住的前一晚，J曾在強大壓力和疑慮的交煎下，在急診室吐了滿地，入住迄今，J說：「我鬆了好大一口氣。」這裡的整體氛圍讓她心情安全有靠，這裡有藥物讓她丈夫不再疼痛，在無路可走的情況下J尋到一種比較舒適的方式，在護理人員的引導幫助下，丈夫也明白的說出對後事的安排，身上引流插管多，J只能為丈夫擦身，在這裡，丈夫終於才能有一年以來，第一次舒服的泡澡。

女兒從小和爸爸一起洗澡到小四為止，母親節這天，J想，或許這是父女最後一次一起洗澡的機會，便讓女兒一起到洗澡室幫爸爸洗澡，J用浴球讓澡盆充滿泡泡，女兒動作小心翼翼，「我這樣可以嗎？我這樣可以嗎？」小女孩的清脆軟語，一直跳響在讓一切幻化的輕盈泡泡間，J的丈夫因為第二次洗澡而更放鬆，帶笑的眼被一條亮絲牽著，始終沒離開過女兒的身影。

這個對談的下午，J哭了好幾回，連我說我自己的故事她都淚下。告別的時候，我和J用很深的注視彼此致意，我一向沒能幫什麼，但我知道，這世上總會為苦迫提供一個寬緩。

它是一種病房，稱做安寧或緩和。

清澈平坦的地平線

宮商角徵羽的間隙掩映一抹誠懇寂寞的身影，等著與看得見的人印心對話。

當奉命出使楚國的大夫俞伯牙請樵夫鍾子期上舟船然後再撫琴絃，琴音隨著粼粼波光迤遠宕高，鍾子期讚嘆那雄渾的高亢：「啊，高山如此崇高偉岸。」鍾子期輕讚那清脆的流暢：「流水如此無盡悠遠。」的時候，八月十五圓月，天清，野曠，漢江邊，天地之間一股纏綿堅牢的連結已產生；伯牙與鍾子期，不可能不成為好友。

身體是一座城堡，被入世的堅持、僵化的教條、世俗的價值撐架得固若金湯，內裡住著一縷壓抑的靈魂，當肌肉被一雙柔軟實感塗滿精油的手推揉鬆放，香氣便巫蠱似的召喚體內靈魂，彼此微笑對話。

春日的中臺灣總是很明亮，一口窗向著油油的稻田，窗邊有兩盆照顧得很好的黃瓣蘭花，這房間有一面牆貼滿一家三口出遊的照片，床邊盡是翅羽翩然祈願祝福的小紙鶴，遠芬拿出最神聖的乳香精油，塗抹雙掌，俯身向以玲裸露的有一道開刀疤痕的背脊柔緩長推而去。共同擁有過這樣時光片刻的，很難不成為生命中最特別的朋友。

開刀、轉移、擴散、不再求治於西醫，以玲會痛到大哭，痛到需要家人用輪椅推她到稻田中央大聲向天號啕；遠芬經營精油事業，精油裡不同的芳香分子，具有消除焦慮、鎮定、舒緩疼痛的效果。初起相見，只源於供與需的關係，但那個春日上午之後，遠芬每週去看以玲。

人都會這樣吧，有時必定要家人才能安心，有時需要老友才有暖意，有時得要熟識才能比較自在，但生命中很特別的時刻，你需要的有時是新朋友，他參與的只是現下的你。親友家屬對生病受痛的人太過小心翼翼，新朋友會簡潔很多。

芳香滿布的房裡，不只精油的療撫，還有了解的語言、有趣的話題，每一次遠芬都想讓病榻上的以玲有新鮮的關注點，聽到不一樣的事物，只有她會對難免洩氣的以玲說，沒有一個人是病痛就立即死去，什麼時候走是上帝決定，不是你決定。

就在認識以玲的同一時間，遠芬先後結識很會寫作的蔡淇華老師、擅長詞曲創作又歌聲迷人的「忘年知音」亨哥及圓圓，有一天，她將他們全請到以玲的面前，對作家訴說自己的故事，和雙人木吉他一起唱聖歌以及熟悉的民歌，對以玲或對任何人，都會是刷新自我經驗的大驚喜。

「原來我認識這些人都是在前置作業，全為了帶他們到以玲面前。」遠芬這樣說，在文學課裡，我用的會是「聯結」兩個字，所謂創意就是舊事物的新聯結，我的宗教則會說這真是令人虔敬合十的因緣俱足，這些年我在學挑高一點看世事，這一回我看到創造聯結，可以將生命放進更大的脈絡中。

合一的第一個點，是單純的善意，愛的行動。

遠芬從滿牆照片想像以玲過去的活力充沛、銳亮犀利，也從以玲病中依然指導直笛，並研發出高效能教學法，親見一個才華洋溢女子的專業能力及高聰明度，病，沒因為這些而繞道，痛，一點都沒對優秀多疼憐一點，遠芬貼得很近的體會到天秤另一頭放了什麼法碼，從這一頭測不準；這樣一個好條件的女子，正在承擔世間最大的痛苦。遠芬自己也有煩憂，從以玲身上她開始感到那些不過都是小插曲。

以玲從前像單方牛至精油，強效，直接膚觸或恐會灼傷，需要基底油當介質，但現在的她像複方精油，安定平和，至於自己，「我是甘菊類精油，快樂。」遠芬這樣形容。

「忘年知音」第二次去看以玲，那天以玲的爸媽、丈夫都在她身邊，她一直和著唱，然後，亨哥退下去，讓圓圓一個人彈著吉他，站在床頭為以玲唱一首創作曲：

我們擁有這甜蜜的家
一起陪伴著你直到天荒
給你溫暖或是陪在你身旁
永遠的家　擁有你我

這首歌名叫〈家〉。以玲微笑聆聽，窗口框著敞悠藍淨的秋空，白雲一朵一朵閒晃而過，比起春天，以玲又衰弱了許多。

恐怖電影名導希區考克為幸福下的定義是：「一個清澈明朗的地平線，那兒沒有雲朵，沒有陰影，可以很清楚的看到一切。」人生很簡單就可以很幸福，偏偏生命存在各種痛苦，那麼，幸福是痛苦中仍能看出這世間，還存在一個清澈明朗的地平線。

生有時，死有時，栽種有時，拔出所栽種也有時，遠芬最喜歡聽到以玲說：「每天能醒過來，其實很幸福。」

在那有直笛聲、歌聲、充滿愉悅香氣的房間，遠芬來來去去，帶來正向的意念、有趣新鮮的人事，雙掌塗抹精油，俯身向以玲裸露的背脊長推而去，以玲一側頭就能看到窗，窗外，亮乎乎的，存在一個清澈明朗的地平線。

及時

「沒有錢，有什麼好管的？寅吃卯糧，有必要會計嗎？」臺灣畫話協會剛成立時，接下會計工作的黃渭琴半開玩笑這樣說。

後來協會穩健成長，他又不時唸說：「協會應該買一臺咖啡機，客人來訪可以隨時沖一杯咖啡給他們喝。」、「協會的列表機速度慢、印色差，該換一換。」

二〇一五年年底，畫話協會終於有能力為自己添購一部咖啡機，換了一臺列表機，但黃渭琴已經於十二月十一日去世了。

協會理事李淑玲老師每每紅著眼眶說：「每一次列印、每一杯咖啡，我都好想親口告訴渭琴，你看，這是我們最近買的。」

李淑玲是黃渭琴的高中老師，她回憶校園裡的渭琴安靜、用功、聰明，擅長下圍棋，是常和老師們對弈的高手，在並不強調升學競爭力的特殊學校，為了考上大學，小兒麻痺拄著鐵支架的他，極其辛苦的遠從彰化伸港鄉迢迢到臺中去補習。逢甲大學財稅系畢業後，他順利通過高普考成為國家公務員，先在國稅局任職，後轉調到學校的總務單位。

渭琴很早就明白，知識是獨立的要件。而絕不麻煩、牽累任何人，是他給人的最鮮明印象。

肢體障礙，移動必然不方便，渭琴的狀況尤甚，他的鐵衣直穿到胸部之高，無力的肢體必需撐擔極沉重的鐵架，背過他上金門翟山坑道的協會之友謝金龍先生，曾很驚訝的說：「他簡直全身都是鐵」。

二〇一四年七月，我隨行畫話協會的金門畫展，那一天，我和渭琴同時抵達遊覽車門邊，我問要怎麼扶他？他搖搖頭，眼鏡後透出的眼神溫和堅定：

「不必，真的，不熟練的施力，會讓我更加吃力。」我於是先上車，回身，佇看著他，將支架倚車門放妥，放手瞬間一個使力讓整個人準確趴仆階梯，用雙手的力量，一吋一吋拖帶自己，慢慢往上挪爬，然後，沿扶欄杆站起身來。我才遞上支架。

買下生活機能良好地段的房子，穩定工作獨自生活，不麻煩人不牽累人恐怕並非渭琴的客氣禮貌，是他從年少就不懈敦促自己，一定要完全實踐的生命信念。

因為動作緩慢，渭琴選擇少出門，也從不參加活動，自從接下協會的會計工作，每有活動他都積極參與並提早到場幫忙，跟著協會畫展還可以四處旅行，遼闊視野也改變生活，看見協會孩子滿足快樂的神情，以及家長對身心障礙孩子無怨的呵護付出，渭琴對理事長蔡啓海老師說：「成立協會真是一件有意義的事。」

二〇一五年櫻花紛飛的三月，畫話協會去到日本。與日本東京鹿本學園舉辦的藝術文化交流活動，除了畫展之外，還有雙方溫馨的同桌交流，這是渭琴第一次出國，同桌交流時他和日本朋友以筆交談歡喜諧融，是協會最驕傲的外交代表。

後來渭琴雙胞胎姊姊告訴協會，回國後，一向寡言的渭琴講了好幾天全都是日本，東京近代美術館、迪士尼樂園、上野公園如雪的櫻花、浪漫晴空塔……，他不斷說：「只四天，太少了太少了。」、「只有跟著協會他才能走這一趟。」

渭琴姊姊替渭琴鄭重感謝協會，而對蔡啓海、李淑玲老師而言，渭琴的離去讓他們結結實實學到及時，他們力排萬難幾近放棄的日本行，完美豐實了渭琴低調素樸的一生，將來，他們的字典裡完全沒有「困難」二字，為了這些孩子，他們說，去做就是了，而且要及時。

過大阪海關時，渭琴意外被攔下搜身，他身上兩瓶剛買的名牌香水被沒收了，那是他耽誤了一下團體集合時間，特別去買的，要送給姊姊。

渭琴受信賴的特質，被蔡啓海老師認定他是「萬年會計」，沒想到他竟先離開大家，協會決定將渭琴的照片輸出印成小旗，未來協會的旅行，一定會帶著這面小旗子，讓渭琴跟著他們去旅行。

日本行的照片裡，渭琴所有臉部線條都揚飛，他開懷的笑，笑在可能會被上野櫻花沒頂的美麗危機裡都不惜的純然暢快。

經歷生命的絕頂高峰，無憾，可以是這樣吧！

蘋果

「然後，你試著加蓮藕粉讓流質成凍狀會比較方便灌食，要讓病人側轉頭，食道有個彎角度，比較不會噎住。」專業、篤定、自信，她如此回答了我學生關於插鼻胃管的私人問題。

就這一剎那，有一種曾經很重要卻已然過去了的感覺，轉身回來了，彼時，我有著渴盼遇見一份穩定有效能的醫護支持在身邊卻始終無力無能的違和與失落。眼前這一幕，流轉宇宙交錯因緣，星眖一閃，於我遙遙的熨貼與補足。

這個夏日午後，我聆聽她說話，偶爾側首看她，書裡的一段話不停隱約浮動：

影響照護品質的關鍵，不在於擁有昂貴的儀器，而是每日兢兢業業、全心奉獻的護理人員。

謝玉玲退休八年了，大家還是稱她「護理長」，退休後她更忙，除了仍在自己原服務單位中榮安寧病房當志工，她也去到陽光基金會當居家護理師，她更是安寧療護的講師。

我給文學班作業是「醫療書寫」，特地安排學生與醫護人員面對面時刻。一開始我就對她說了：「我最不愉快的經驗是因一位護士，我先生去世前列的感恩名單，其中有一位也是護士。」

她點點頭，護理人員尤其要有同理心，她說，醫療觀念進步許多，儀器一天天改善，但真正的醫療品質在心靈，尤其在安寧病房，有些細節要量身打造為病人，而「不經意的一句話都會傷人」，所以，「別說廢話」。

這我知道的，「你要加油」，就是廢話，「人都會死」，最是話題終結者，我記得當年最令我歇斯底里的一句是「你要堅強」。

往事，我的病房歲月忽忽，若遠似近，我想起丈夫在病榻上說：「我下輩子不想當負責的人。」一旁宗教師立刻說：「你是不是覺得，要為家庭子女更付出……」

「不是的，他是最顧家的人，他不是說這個……」我幾近崩潰的搶白了那宗教師一頓，躺在病床上的生命雖微弱但仍獨特，他，以及他與家人之間，都自有生命小歷史，請勿善意的胡亂套上既定公式。在安寧病房每天早上的個案會議裡，我必會被列入該被特別輔導的家屬，這我當然也知道。

病人與家屬都需要被更細膩的對待，尊重是如實的理解，生了重病，只忙著求活與免痛，被尊重很容易被擺到一邊去，還要求什麼理解？我仍沒忘記那天在安寧病房，一位醫生和一位護士看似要來安慰我的情緒，護士一面說著「妳的痛苦我懂」一類的話，那年輕醫生一面不耐煩偷瞄自己的手錶。誰真正懂，一路漫漫無助、心靈被忽視的醫病歷程？

護理人員尤其不要辯解，其實有時陪伴和傾聽、肩膀借他哭就可以，謝護理長繼續這樣說。

而你照顧的病人死了，你卻仍被深深感謝，這就是醫護工作最微妙之處，謝護理長眼一彎，微笑著說，在醫院裡，最能發現問題最能幫到病人的，是護理人員，無論翻身、擦澡、摳大便，只要能讓病人舒爽清潔的都屬護理工作，提供舒適護理最能帶來醫病之間的親善關係。

一入座等咖啡上桌的時候，我似乎還介紹了窗外的麻園頭溪和溪畔一到秋天，就染亮在枝頭的欒紅。不就是日常城市街景，添加欒紅就不同，淡紅、絳紅、褐紅、土褐，同株共枝漸層遞深，隨時間一天天轉化嬌色，越來越剛健、越來越深邃，高掛，不落枝。

很久之後我才知道，欒樹的花是纖細花簇密生樹頂的金黃小花，飄落如同下一陣急急的金雨，會讓整座城市都變美的欒紅並不是花，是更成熟的蒴果，孕裹著黑色種子，長成在喧囂沉澱份外有致的秋天。

秋末至，夏的窗前，聽著謝護理長這樣說：「醫護人員要不斷受訓、不斷學習，不可以當埳井之蛙，理解溝通很重要，溝通技巧可以訓練，人都會有情緒，但別被自己的杏仁核綁架了。」很年輕的時候，她也曾納悶家屬「怎會哭得這樣傷心」，後來她明白了，悲傷與聯結的深淺有關。她與母親的聯結極深，母親去世，她生活的重心與目標頓時消失，一整個偌大天地無所屬，讓她體會有些悲痛深刻至無可言告且無法被完全了解。

陽光基金會也照顧口腔癌病患，謝護理長常去居家療護，口腔癌會伴隨漫屋異臭，因侵蝕到肌肉組織，傷口很大很難處理。她總是近身為病患細心換藥，仍因那份專業、篤定、自信吧，病患後來會指名要她換藥，居家護理師顧死亦顧生，一些家人間難開口的敏感問題，他們也請謝護理長居中溝通，運用細膩的同理與豐富的經驗，謝護理長總能不負所託，她說：「我喜歡幫助他們，我喜歡他們對我的信賴。」

我遙遙被熨貼與補足那一剎的感覺，又閃動了一下。

信賴，世上最好的人與人之間，我信賴你，你也如此值得信賴，尤其用在醫病關係，因為那兒常有生命中最重要的時刻，一句話、一件事、一個人、一點用心，如一個印記落下，翻轉出你意想之外的非凡意義。

「一定要給病人價值感」，她舉心目中的同理高手黃曉峰醫生為例子，說他對病人「人生沒有意義」的自我否定是這樣回答的：「那你將你的經驗全告訴我、傳給我，讓我能將我的工作做得更好。」說起這類故事，謝護理長眼裡充滿讚歎的神采，但我知道，她自己早已是此中之人，在離座起身的時候，我都還聽到她邊挪座邊低聲在說：「尊重病人，就是尊重。」

「會照顧人、懂得溝通、坦然面對死亡，包含知道要不斷進修這件事，無一不是病人教給我的，病人是老師，教會了我這一切。」她說。

在醇厚芬芳的季節，蘋果滿枝頭，絳紅燭亮一整個城市，讓包孕著的希望延續傳衍，美麗而穩健而成熟而實實以顏色化為大地，那真是生命本身對存在的絕大敬意。

那本書的作者叫泰瑞莎．布朗，一個新手護士，出書的時候，她ABC三個病人都過世了，她書中回憶自己「真該為這一天鼓鼓掌」的「這一天」，就是和A病患一起聽他想分享的歌，將B病患成功的轉入加護病房，和C病患開幾個和鎮靜劑有關的玩笑，而下班的時候，他們都還活著。「值班的那八小時，我竭盡所能的幫助他們。」

竭盡所能的幫助他們，他們的每個當下都無比莊重。我揮手和謝護理長分別，轉身的時身後訇然迤邐起一片秋光的欒紅，在城市川畔，綠正深、蔭正濃的盛豔夏季裡。

散文微講堂

紀錄如幻的今生

回頭看，生命每一步踏下，就成曾經，
一步又一步，直到生命的終點。
我很愛書寫生命的故事，
爲自己，也爲別人紀錄如幻的今生。
每個人都是獨特的，
存在，就是最大的意義，
何況還有那樣多的勇敢、尊嚴、與堅強。
你一路走來，
經歷過多少蛻變與成長、生與滅？
看過幾樁最後的故事？
記憶是散文的核心，
它紀實，不必絕對眞實，只要對自己誠實。
你只要專注、傾聽、全心感受，
並在生命之前謙卑。

卷四・行經

圖／石德華攝於馬祖東莒

安靜到不想念

我的夏季很趨光，眼角一定要被海的湛藍潑濺到，然後搗臉轉圈碎跺腳尖叫。

這次，二〇一六夏的星期五，我決定連寶貝孫子都不去想念，因為這裡的這種靜，連在腦海裡的兒語唱跳都造成吵嚷打擾，靜到每一種想念都多餘。車少人少街道坦直，店打烊得早，沒有霓虹閃耀，入夜暗黑了的城鎮，路燈亮著不喧嘩的光，太多人曾賦予它黛藍夜空，水中搖影輝煌瑰麗的運河想像，應該有歌，有櫓，有盡興的歡顏、擎揚的杯，但我來到的是安靜小樽。

線條平整簡明的北海道建築風之外，小樽仍保留明治時期西化的建築，我在小樽的城市逛晃，不時從圓頂建築、重量感的圓柱、鮑魚飾、老虎窗、街燈造型、繁花窗檯與半圓欄杆露臺，看見希臘與羅馬，看見巴洛克，看見無霧的倫敦。

小樽運河。

非假日，

安安靜靜的小樽運河。

一走出小樽駅，微陡的中央通，直達小樽運河，一片波光微瀲的日本海就灩灩在路底。有港灣、有運河、有運輸鐵道，明治時期開拓北海道，札幌成為繁榮興盛的行政與商業中心，天然海港的小樽就宛如入口的玄關，北日本開拓的故事早已成翻頁的史扉，商港石造舊倉舍卻依然站在時光裡，久久，久久，夜幕低垂時分，煤氣燈一盞盞點起，水中倒影綽約迷離，運河成為永恆的浪漫印記。

週六夜的小樽運河，多了些遊客，大家來在淺草橋上逡巡拍照，情侶相偎、老人倚著欄杆，年輕學生嬉戲，一家人笑著靠攏……，廿一度夏夜涼風，隱約吹來對街居酒屋木吉他歌聲，高天闊海寬市街，將微細的聲響全吸納了去，小樽還是一點都不吵，人影自在走動，被拍照的人笑著，河心搖曳幾許光的長影，橋邊一排街燈垂直倒映在河面，遠遠望去真像一盞盞灼燦聖潔的金鑄長燭，岸上街燈一如那蕊認真綻亮的燭火，我在風中側耳一聽，彷彿聽到它們群聲的祝禱，但願來此尋訪浪漫的人們：戀人們都能定情，家人們永偕安好，青春的石道上猜著拳的少女們都能無憂無慮到很老，老去的人，心中都有一位騎馬折花的少年，

小樽中央通。

一走出小樽駅，
微陡的中央通，
直達小樽運河。

永不長大。

在過與不及不斷位移，想像與實質之間從來不是虛實照鏡，作家蘇童曾因讀者一句「我見到你本人感到失望」而難受許久，後來他想通了，他始終是他自己從沒改變過，根本不必去滿足讀者對作者的想像，如果他再遇見相同的情形，他一定會說：「我對你的失望感到很失望。」旅行所到達的地方都有資格講相同的話，它們本來就是自己，了然並超然於會在每個去到的人的驚喜與失望之間位移，然後不同程度的被記住，或者被遺忘。

行腳有歇止的終點，被有限記住，或者被完全遺忘的是旅人本身，旅人終究不如一個城鎮、一條河、一片水中搖影的詩意來得久遠。

放歌與尋夢已不是我旅遊的方式，我親臨的小樽，勝過撐長篙划過金色夢境我想像的小樽。歷史建築、堺町通、明亮的玻璃……，我行走逛晃小樽，一些小發現，一個小咖啡館，依然是我旅遊的私體驗，但我是那麼深深喜愛著在淺草橋邊和人們一起找角度拍照，風中側耳，傾聽世間祝禱，在安靜小樽前安靜的自己。

小樽火車站。

小樽產玻璃，
玻璃格晶瑩小燈的小樽火車站。

相信

1

溫柔是一股悱惻的縈牽，但剛性的溫柔是，相信。

我隨身行事曆隨手抄來的：很多東西經不起推敲的，例如得失、成敗、真實，例如永恆，例如愛情。

這次，我一點都不想落入心動、幡動的反覆論證，只想站在愛的這一邊。

山坳、海灣，石屋，山不移、海如鏡、石堅定，龜島匍匐在灣澳，日日夜夜，背上的岩裂一如龜甲的卜辭，預示著永世為好。

這是個讓人想承諾與相信的地方，關於天長與地久。

芹壁。

2

芹壁的每個視角都有龜島，像個全方位的守護者，從石階向下看，我真以為它就要泅上岸慢騰騰爬上石階來了。

閩東福州語稱龜島為「芹仔」，從海面望向陸地，依山勢呈階梯向上築起的花崗石屋聚落，像一座石壁矗立於「芹仔」的背後，國軍駐守後，轉換語言直譯此地為芹壁。

四脊五坡、石頭壓瓦、一顆印式，芹壁保留了完整的閩東建築，兩百多年前這兒是捕魚致富的富麗山城，在時光的行走中逐漸沒落安靜，民國三十八年之後，與敵人近距離對峙，曾是只留軍隊的空村，一直存留著素樸與堅毅，這些年在縣政府「聚落保存」城鄉計畫下，石厝修整，添加了民宿、咖啡館，戶外休閒座，帶出這整座磐石山城的悠閒風情。

Just咖啡女主人和來自臺灣的丈夫一起回到家鄉經營咖啡民宿，笑著說從前和漁民交換物資躲海巡的往事，友伴轉述橋仔村小吃店那從臺灣回娘家的女兒，說起從前島上極缺師資，國中時候，從部隊調人來代課，阿兵哥老師上課上得大發脾氣舉起椅子重摔，被處罰關禁閉，全班就等老師關完禁閉再回來上這門課。一夥人聽得笑了。在這兒，對著軍管時期的反共標語喝冷飲，每一口啜的都是太平盛世。

芹壁休閒渡假村女主人從店門口指著龜島說：「你們看，龜背上背著什麼？」土石加榕樹，從這角度看去，唯妙唯肖一尊辛巴小獅王的側影，龜島榕樹下有一石碑，女主人說碑上四個字是：「植榕聚財」。龜島不只永恆守護著芹壁，它還風生水起要讓村子聚財增富。財富，那真是吃飽穿暖生死不虞之外的想望了。

止不住腳行走、眼流眄、快門猛按，累了坐在陰涼石階打盹，休閒座一杯冰咖啡可以到黃昏，而龜島一直都在那兒，在芹壁，隨便透過石壁之間、壓瓦石屋頂、石厝錯落的角度、巷弄轉彎處與那一片蔚藍天空晶碧海洋框成的每一幅景都是畫，無一不令人驚豔輕呼，天地何其明俊簡朗而又厚重，活著，我只要這樣。

北竿芹壁。

這是個讓人想承諾與相信的地方，
關於天長與地久。

3

馬祖人相信。

白沙村一位蓋屋工人知道我要搭七點半最後一班船離開北竿，替我無限惋惜的說：「沒到北竿等於沒到馬祖，沒看到芹壁夜景等於沒到過北竿。」口氣和前些年一位馬祖議員說的話同一個轍：「你沒去地中海，就去馬祖；到了馬祖，不會想去地中海。」

計程車司機說　里那世界最小、最鮮明討喜的媽祖廟：「漁民說起霧的晚上，從海上看到這廟會發光。」

他們說馬港媽祖的石棺靈穴，是媽祖體恤觀光客日多，顯靈同意廟方在靈穴上覆蓋強化玻璃，四周還加上石刻神龍守護。島上許多事，媽祖說了算。

他們說白馬尊王神蹟很多，每個村都有祂的廟，祂是海難守護神。

他們討海、守海、信神、敬天。北竿橋仔村曾經廟宇多過戶數。

他們或許會為子女在臺灣買房子，但自己留下來，他們說馬祖人很少人在賣房子，「都是祖產啊！」

他們安於現在生活的穩定，因為他們都身處過缺物資、單打雙不打的肅殺年代。

不只一個馬祖人說這兒治安好，摩托車鑰匙插著放路邊也不會有人偷，因為「大家都認識」，但是，最近治安略有點不如前了，「蓋房子來了些臺灣人，」意會自己說溜了嘴，他們立刻圓場：「不過治安還是很好的。」

觀光是共識的必然走向，賭場呢？未最後定案，但一定會有最好的實行方案，「公投過了的。」他們說；他們相信馬祖人會有更好的生活。

從馬祖回臺灣後一個星期，看見電視上正在播一則馬祖南竿機場的新聞，有人將十一公升的柴油以馬祖老酒名義非法託運，當場被查獲。我豎起耳朵，很快就聽見主播字正腔圓的說：「臺灣人……。」

馬祖人相信馬祖。

4

我得問依傍的山與海盟誓怎麼寫，尤其到了黃昏，海天都暈染淡金光芒，石城的沉默端靜更深，那剛性的溫柔無言在說，信我。

在芹壁，我很難說起無常，龜島一直在那，山坳海澳，日升月恆；相信，是對抗無常唯一的方法，片片刻刻都好。

而人總是希望可以光亮及為之踏實，關於天長與地久。

南竿鐵堡。

溫柔是一股悱惻的縈牽，
但剛性的溫柔是，
相信。

純粹

汗衫、運動短褲、汗溼的亮棕肌色，替代役男沒停下慢跑腳步，與問他去哪兒的人擦肩，回了一句：「去看船。」黃昏，東莒大埔聚落，那要看船的年輕人朝六四據點跑去。

軍方廢棄的六四據點，高崖上望向大海，視野極好，地下坑道、營舍與陣地都修葺過，青草茂而不蕪，崖頂上架了一個黑白鍵盤，小白花蓬蓬開在琴邊，崖下的浪，拍岩、激綻，濺落，一刷一刷，雪白浪碎如大蓬的花。

可以編偶像劇。那黃昏到崖上看船的替代役男就是男一，遇見一位到島上打工換宿的都會女生，這女生種菜、修籬、炊事啥都不上手。這當然是女一，從小學音樂，新世代鋼琴新秀，在豪門競逐，才貌與美麗兼備的名媛光環下迷惘，來到離島找答案，當然，村裡還來了一位駐村年輕藝術家，還有一位經營釣磯民宿老闆的女兒，不然，燈塔那兒還可以有位燈塔守衛，一直守著三、四十年來，和一位失蹤駐軍之間的祕密……

我的去年夏天是石垣島，那一派柔暖明淨的海藍夏色，今年夏天，馬祖，雄健奇峻，山與海與岩與崖，全然鐵血悍色；石垣島多麼適合療癒啊！馬祖說，療癒是什麼？

孤懸閩江口，屏障大臺灣，烽火時期，國共馬祖海空戰事頻起，雙方在沿海進剿襲擊，馬祖兵事不斷，冷戰時期，馬祖是最前線的戰地，工事密築，全民皆兵全島一命，一直到金門八二三炮戰後，中共減輕對金馬戰事，馬祖也還是要承受「單打雙不打」宣傳炮威脅達二十年之久。

民國四十七年七月，中共有進犯馬祖的態勢，全島進入戰時戒備，八月，中共沿海陣地炮口直指馬祖。八日，空襲警報長鳴，中共米格十七百機編隊進入馬祖領空巡偵，十四日國共於馬祖領空海域衝突。廿二日，米格百機編隊三度入馬祖。廿三日，中外記者六十多人乘軍艦到馬祖，戰爭一觸即發。廿三日下午五時三十分，共軍前線司令部下達攻擊令：炮轟金門。

平行時序，金門裂爆，馬祖一片寂靜。

經歷過無前無後無援無閃躲的立所，睜眼直視命運森冷似謔，獰笑轉彎，被死亡的衣角拂面，這樣的人通常不會算失是什麼只看見自己的得，真的只能挺直，在馬祖，你很難提起自己的傷痕與軟弱。然後，命運呈現對照補差，它讓現在的金門富裕豐足，馬祖寧靜從容。

朽老的海明威回憶在巴黎青春燦亮的海明威，有一段他對回憶的詮釋，剛和情人幽會完回家，火車沿木柴堆開進車站，他看見站在月臺的妻子，她微笑著，陽光照在她可愛的臉上……，他說：「我多希望我只愛她一個人時就死去。」

去世之前，海明威歷盡滄桑、情變、苦難、病痛，《巴黎的饗宴》書寫他感情只投注在一個女人身上，簡單沒太多煩惱只愛寫作的生活，他回憶年輕時代的，純粹。

臺馬輪因風浪停開，這一次我去不成東引，突然感到鬆一口氣，見

南竿津沙村。

我們訂房時總愛說：「可以給我們面海的房間嗎？」
電話那頭沒任何情緒的回答：「在這裡天天都在看海。」

一個愛一個，美與感受太多會有負擔，我多希望我只愛她一個人時就死去，南竿、東莒、芹壁，情感上我很海明威的無法純粹。

馬祖本身極純粹。

我們訂房時總愛說：「可以給我們面海的房間嗎？」電話那頭沒任何情緒的回答：「在這裡天天都在看海。」一村一澳口，地不大、人不多、路不寬、彎極陡、崖懸壁峭；山鬱綠，大海鎮日藍亮，瓦屋石垣，馬祖以簡單幾種明色調大色塊構圖，綴飾的數抹鮮麗全是廟宇。

福州語系、閩東建築，馬祖和臺灣的文化、物產、民情都有不同，風燈是圖騰，紅花石蒜是島花，保有稀世的神話之鳥黑嘴端鳳頭燕鷗，大坵島上有一百多隻梅花鹿，至於馬祖最美藍眼淚，可遇而不可求，多像過日子是根本，好日子，只能是願望。

尤其是戰地色彩。枕戈待旦還高標島上，軍管時期標語留住一段特殊的歷史時空，戰地營區、據點、碉堡、壕溝遍列，坑道密度之高尤其世界少見。戰地文化如今已成為特色商機，創造馬祖旅遊的差異性，外行人看熱鬧，內行人看坑道，而在這個島上當過兵挖過坑道的人說，坑道就是有一種說不出來的感情，散發一種讓人永遠尊敬的魔力。

戰地文化還有更深邃的視野，關於人。一位資深藝人回憶六〇年代在東引當兵，假日滿戲院都是年輕男子，上映的是二秦二林年代電影《我是一片雲》，當影片播出插曲的時候，滿戲院男生一起大聲合唱，聽那松林的低語，充滿了柔情蜜意，我們從林中走過，踏著往日的足跡，那開不了口也難形容，巨大無邊的壓抑的青春的苦悶，在遙遠如夢的溫柔歌詞裡狂奔急洩，我們默默的依偎，戀痕在彼此眼底——。

那藝人說，那一刻，他在滿空間大聲齊唱的歌聲中哭了起來。

被爸媽送到臺灣求學的馬祖少年，想家，只能是無人時候的一抹眶熱，這兒是比家鄉好的生活，孤單、寂寞、空虛哪裡拿得出手，成長與渴望其實都欠缺很多，回家的路途卻迢遙。當年來回馬祖，學生只能順路搭軍艦回家，走道、甲板能坐能躺就是座位席床，風浪大，躺在甲板隨船身左傾右斜，常會滾過剛才吐出的嘔吐物，帶著全島居民從事東莒社區營造的謝春寶說自己年少時常在想「為什麼臺灣人就能過那樣的生活？」苦悶也能如此純粹，在一切都不確定的年代。

劇終，女主角走上崖頂，間奏著海韻彈奏鍵盤，鏡頭慢慢拉開，天與海漸層的湛藍、晶藍、柔藍，迷彩碉堡、坑道、營房，野草青而長、黃土小徑、貝殼壁貼，悠揚的琴聲不絕，最後，是誰與誰離開小島，誰與誰留了下來？我想，就採用開放性結局吧，讓觀眾自行決定。

都過去了，現在這裡適合拍偶像劇。

南竿津沙村。

枕戈待旦還高標島上，
軍管時期標語留住一段特殊的歷史時空。

完成

Q&A第三題，我這麼設計的：

作者發下宏願，要揹媽祖神像登上世界的極峰，原因何在？

答案是：媽祖曾救過作者當船長的父親，如今父母都去世，他將媽祖當作父母的守護神，把對父母的思念轉移給媽祖，遂發下宏願，願揹著媽祖神像登高峰，也希望天下蒼生都能得到媽祖的庇佑。

為出版社編書，離島的馬祖篇，我選了《喚山》的〈羅勃切山四月一日、四月二日〉，李小石作品。李小石，馬祖津沙村人，二○○九年成功揹媽祖登上聖母峰，二○一三年殉難洛仔峰。

四月書出版，這篇因取不到授權沒用上，七月到馬祖旅行，一看馬祖的媽祖，媽祖的馬祖，二找馬祖各村的咖啡館，三，試著尋訪出李小石的親人，看能不能取得文章授權。臨行意外知道李小石女兒人在嘉義。那可以刪去三，這事既已有譜，旅行回來處理即可。

馬祖第四天住在有機場、7－11、郵局、網咖、餐廳、旅館民宿、特產店，北竿最繁榮的塘岐村。在宏瑞飯店Check in時，看見桌上擺一本《李小石追憶紀念文集》，友伴阿緞彎身拿書，我對紀念文集比較沒興趣這一念飄閃，就聽得阿緞說：「奇怪，我怎麼一看到李小石的照片就一陣『加冷筍』。」

聽阿緞這一句，我心中好似一種矇矓的什麼剛要明白但尚在成形，不太明白就先讓它先不明白，我拉著行李上三樓。

晚上來在北竿機場邊的塘后道沙灘。馬祖每一灣海景都有故事。這沙灘聯結塘岐村與后澳村，張潮只露一條小徑，海水退潮，一片沙灘就呈現，當地人稱為「沙連島」。心也連事，有時開敞點，有時想隱藏，有時安靜，有時想說笑話。而這兒的沙潔淨綿細，有個甜蜜的名字叫「糖沙」。因應交通方便的考量，後來在「沙連島」中間築出一條塘后道。

我們在糊糊溼溼的暈黃月下，看藻類微生物群聚海面，隨浪頭打岸翻湧一帶一帶電閃似的螢光白，間或跳起朵朵碎細小星芒，聽說這就是踩星沙，看藍眼淚的類體驗。

旁邊那群人包計程車專程來此看藍眼淚，摩托車雙載來的也好幾對。聽說那兒的海邊有藍眼淚就趕過去，應該列為春夏馬祖旅行的特色，真的是一片冷光面板的幽藍嗎？像雜誌上那樣嗎？螢光白這樣就算是了嗎？星沙和藍眼淚是一樣嗎？到底是藻類還是介形蟲？浪打在礁岩會更明顯看得見？用石頭丟海也可以？瓶子裝海水搖一搖也會發亮？你看你看螢光白和浪的白不一樣，注意看浪打來浪頭有一帶螢白……

人人都能說上一些，卻沒人說得周全，未具備大量神祕與傳說的涵容力，不能在心象應證與想像間無止盡流轉的，不算絕美吧？

當然也和季節、潮汐、光度都相關，雙載的摩托車沙灘上大迴轉，要去后澳村大沃山十二據點的戰爭和平紀念公園，高處也許看得到。

前二天在南竿的鐵堡也一樣，一群人老的、少的、男的、女的，黑忽忽的音聲來去誰都看不清楚誰，大家聚在一處同心守候，聖潔如幻藍眼淚。

北竿塘岐。

這兒的沙潔淨綿細，

有個甜蜜的名字叫「糖沙」。

看不看得見也沒那麼重要，是人心裡熨貼一種不可言告的浪漫，願意為一片溫柔靜謐謎樣的螢光藍奔走，才像擁有過青春、夢幻與愛，才像曾是和獨角獸對望和窗邊青鳥互許的自己。

後來，我在馬祖四鄉五島十天，所見的畫面可以成一冊美麗，但上首頁的那一幕是在塘后道的看見：

綁腿軍靴，迷彩軍服，白色全罩安全帽，飆機車的年輕軍人，斜揹迷彩公文大書包，從涵洞口竄出，一整片藍天傾斜在身後，晶碧大海推湧在兩脅，糖沙披覆，他迎著海風，風馳電掣出任務。

戰地，馬祖隨處可感可見的昔時與從容寧靜的現今，在這年輕軍人疾馳的身影巧妙疊影。

或許，還有個糖沙似的女孩在臺灣等他。

我朋友父親的故事。通信兵，中日戰爭一場慘烈戰役裡為通訊脫了隊，歷經萬難與凶險，最後，他奇蹟似的游過敵人防守的大河找到部隊，衣衫襤褸，不似人形，但背上的通信器材完好無缺。涕泗縱橫筆直站在長官面前，他大聲說：「報告，任務完成！」

這年輕通信兵從沒想過有一個叫臺灣的島嶼在等他。

從沙灘回飯店，走過桌邊，我順手拾起那書，心裡知道，今晚一定得讀。

李堯在文章裡寫父親李小石瞧見故鄉的憂愁、臺灣的寂寞，揹媽祖上聖母峰是希望臺灣在世界的掌聲中甦醒、馬祖在臺灣的注目下重生，「讓媽祖不僅是馬祖的保佑，也是世界的保佑，讓馬祖不僅是臺灣的離島，也是國際的離島。」

我那似懂非懂的明白具體成形，Q&A答案要加寫補全。不只報答媽祖對父親的營救，超越我只從讀本中的搜訊，李小石要告訴我更多。

「今生再大的事到了來世就是傳說。」朋友Line來的這句話開始有了點意思，戰地馬祖，登山怪傑李小石都會成傳說，我在北竿塘岐這事擠不擠得上？宏瑞飯店老闆說李小石特地選擇回馬祖服兵役，就派在塘岐，臨走還送我們一人一本《李小石追憶紀念文集》，阿緞又翻開書

「這次就沒怎樣！」

我在馬祖，任務完成。

做，旅行

1

我服膺澤木耕太郎，「由旅行的人去做出來的」，每一趟自主性旅行都是。

並非點與點的移動而已，旅行途中所發生的事，不如想像中那樣存在某處等你來。怎樣的人與人的組合、人怎樣的喜愛與慣性、從地圖勾出怎樣的地點、有著怎樣的發想包括繞過去買杯City Caffee結果發現7－11後面滷味餛飩小吃店、剛剛好的出發時間，一個轉彎就看見的連山煙嵐潑墨卻是霧籠大海岩島的奇景……旅行是被這樣做出來的。

越偶然，旅行會越新鮮。

澤木耕太郎還細分旅行的力量，吃的力量、喝的力量、睡的力量、問的力量、預測的力量，以及決斷的力量。

友伴安排南竿後去東莒二天一夜，我不去。旅行中，我常有絕對一個人的片刻需求，去和陌生環境單打獨鬥、廝擦摩觸個夠，但在南竿機場一抬眼看見東莒巨幅宣傳照，當下改變決定。

2

二〇〇六年六月就想去馬祖，後來，一整個夏天我在北榮陪伴開刀的丈夫。二〇一一年夏天，生命巨大搖晃，廢墟死寂，我想一個人飄飛遠去，我想去馬祖，寫了二封〈一直戀慕著馬祖〉的Mail給素昧平生的馬祖縣長楊綏生，他溫暖的回說歡迎。其實當時我沒有出遠門的力氣。

今年夏天我終於來到馬祖，離第一念整整八年；這八年，分分秒秒都在滄海變桑田。

那麼，順道帶著自己的新書來向縣長致謝吧，為我一直都沒忘，三年前那極地適當的煦光與溫度。

例行公事必得與祕書作聯絡，電話那頭祕書一字一字迴聲複誦我的姓與名，安排好時間，沒多說話。

縣長室大夥見面那一刻，那祕書終於將電話裡複誦的名字與亮相的本人精密組構合體——

我是他讀彰化高中高一時的國文老師。確認過程必得如此慎重，彰化高中他只讀了高一。

做出來的旅行，撿回來的學生。知道老師要去東莒，他說，我來聯絡，你們去找一個人。

3

鍾文音隨著莒哈絲的魂履悠緩沉吟於湄公河，王浩威以超級粉絲角色走在卡夫卡的布拉格，從出生到死亡，我聽說有人循沿文字走在林文月幼年居住過的上海虹口租界，有人拿著張愛玲的書去到上海那向著街心的露臺……這種旅遊方式，獨鍾的情會被無限放到最大，因為有了人與故事的滲入，土地就自己走過來整個包覆你。

這兒島小，但一位一景，美不勝收，風景美只是畫面，感動人的是故事，第一時間他就這麼說。在家鄉，他就是一本書，他就是一位資深導覽：你們九月來就可以看到滿山頭紅花石蒜，這兒一大片有我和校長帶著小學生來種的馬祖百合，五月開花，你們明天早點起床走魚路古道會有驚奇的發現，我們剛整理過的，那邊是熾坪隴史前遺址、那兒有大埔石刻古蹟，這個時間你們該看的是燈塔、明天帶你們去神祕小海灣、去看我家的冰箱那海鮮隨手撈的海邊，我要在那辦八月花蛤節……；他是根深的大樹，是海灣的礁岩，是與腳下土地無法割離的人。

險要的六四據點懸在崖上，迷彩碉堡上架起一個鍵盤，野草花綠的白的蓬蓬的開，崖下海濤澎湃拍打花崗岩，黑白琴鍵起落著遼闊海天一派溫柔雅靜。「鍵盤是我在路邊撿的。」他說。

東莒，謝春寶。

福正聚落經營已成形，這些年，身為東莒社區發展協會理事長的他，一直帶著全島從事大埔聚落的社區經營。

認為天地萬物都要像大自然一樣隨四季移轉去生成與凋落，委土再重生，所以他讓老聚落成為地上博物館，不破壞不改造，只就地活化重生再利用。均衡於理想與現實，他並不主張無法永續的義工無給制，請益於專家學者後，他們在這曾是無人荒村的地方種植起蔬菜與水果，自耕自營自銷售，以換取員工微薄的薪資。幾間屋子有年輕人的身影，他說：「有的是入駐的藝術家，有的在這打工換宿。」

還有太多空間可轉化、太多事可以做，他是有勇有謀的良將，嚴重缺兵。

大埔聚落極鼓勵藝術創作者入住，一起用創意守護、營造並行銷聚落的特色。他最希望本鄉的年輕人能回流，目前他努力在做的，就是厚植家鄉的吸聚條件，有一天，他說，七、八十歲的老人當嚮導，帶遊客走在村裡、海邊，隨處都能說一段在地的發生、自己的經驗，而年輕人在一旁當領隊、當幫手、當翻譯……

拿臺灣社區營造的經驗做對照的借鏡，所以他一點都不躁進，一點一滴結實的做，慢慢的來，從不希望大量觀光客湧入小島，他太知道快速所帶來的功利性與庸俗化。

社區營造是椿十年、二十年、三十年迄永續的大工程，大地的存在

東莒燈塔。

謝春寶本職是燈塔守，
世上最精確、單調、枯燥、寂寞的工作，
他比誰都敏於觀察，擅於守候與等待。

從新到老再新再老，是一種無終點的循環，謝春寶本職是燈塔守，世上最精確、單調、枯燥、寂寞的工作，他比誰都敏於觀察，擅於守候與等待。

4

到了燈塔，謝春寶說，今天自己心情其實很低落，因為有一隻山羊，早上誤食毒草死了，那羊天天來吃草，和燈塔守很親，平日一叫就來。

他指那一道迤邐在辦公室與燈塔之間的白色矮牆說，冬天風大，從前夜裡提煤油燈容易熄滅，築矮牆擋風，人佝僂低身，提燈沿牆走。

而向海兩尊古砲，曾被安排進歷史文物館，謝春寶說，當時的燈塔主任不願意古砲離開，搬運當天，主任撲在古砲上，連人帶砲被搬上車。

回臺後，常常我總是不經意記起這些小事，多想了這一個問題：有嗎？你生命中有什麼，能讓你如主任與古砲、謝春寶與東莒？

隨著謝春寶走東莒，情感會被東莒全面包覆。

5

可以不是這樣的，只一瞬光閃的明滅；記不記憶、出不出書、要不要來、送不送書、去不去東莒、師生緣不緣會、遇不遇得上謝春寶。

旅行是人做出來的。

澤木耕太郎說，被捲入其中才是旅行的開始。

東莒六四據點。

迷彩碉堡上架起一個鍵盤，
野草花綠的白的蓬蓬的開，
崖下海濤澎湃拍打花崗岩，
黑白琴鍵起落著遼闊海天一派溫柔雅靜。

閒聊天

閒聊天。每次我說到：「我天天出家門，定期出遠門，因為總有一天會出不了門。」不同身分背景的朋友都搗蒜式點頭，然後，不約而同夾一句但書：「可不可以刪去第三句。」

回頭一想，聊天話題儘管輕鬆，這三件事還真是重要的事。

讓人上癮的事，一定有獨門迷魅之處，天天我城市行走且上癮不戒。運動、養生、觀看、喜歡庶民生活的實感，一定都是原因。那一天，上班時間，突然下起大雨，馬路邊剎時停了一長龍摩托車，一排騎士站在車邊動作一致急著穿雨衣，黃的綠的紅的黑的花的，像一排灰濛雨中突然怒放的各色花朵，我撐傘走過，為這片奇異美麗的街景微笑了起來，心中也卻漫升微酸的暖意，這不就是為生計奔突的升斗小民？髮與衫盡溼了，穿上雨衣，油門一催，噗噗噗等綠燈，集體直衝，大雨中趕著上班打卡。

很多開車不能、騎車錯過的，只有行走的慢緩才能獨攬專享，小巷弄的花香，社區的彩繪，高低屋宇有致的錯落，門窗特有的表情，這門市那攤販，布告欄公告打預防針免費，定時出現與街景構圖的身影，季節裡第一朵開放的樹花，還有那沒說一句再見就關閉的小咖啡店，多像分手。城市的身世是骨髓經絡，交給文學去梳理深探，行走，肌理膚觸，是與一座城市的溫柔挲摩。

初起有一天你下定決心出門行走吧，一天天的出門行走控制了你，習慣是這樣養成的，只不過，上癮撇不開心理因素的依賴，我悲傷的時候行走，讓悲傷從廣天厚地稀釋分心，從溪邊綠樹交錯影翳掩映深邃窈長的紅磚道，去看到時光與永恆。我沮喪的時候行走，一步接著一步，就這樣簡單，不停步履的微小堆疊就能完成迢迢的一去與一返，我垂眼數息，專注的一步又一步，聽見有聲音在說：「尚有盡了全力都無能為力的事呢，只要能一步一步去完成的事，再艱難都不算什麼。」沉澱、省思、懺悔、構思、細繹，以及駕馭心念的顛倒與紛亂，我都藉由行走。

旅行實在是全民話題，人人都有很多詞可熱置。人類天生愛風、愛飛翔、愛自由而喜歡旅行，這些年我不再參加被安排的跟團旅行，一定就是這原因，遂進而發現，有人是樹，天生親土地，旅行是一定要出去看看，抽離平凡，當個旅遊者的機會而已，如棉絮飄飛一會兒就想落土，並不真正愛旅行。有人是雲，屬於天空，飛行不要停止，流浪才是他的安定。我自己是一只風箏，愛旅行是因為有家可以回，線放得很長的風箏，線要牽繫在一個定點，才敢飛高飛遠，安全，才敢走遠。我終究不如自己想像的獨立與勇敢。旅行根本是看見真實自己的機會。

我旅行並為之書寫，像艾倫．狄波頓說的：「有些世界的角落唯有被某些人描述或經歷之後，我們才有興趣去觀看或探索。」朋友們於是向我打探我筆下的石垣島、馬祖、小樽與函館，說乾脆妳帶我們去吧，我總是微笑真誠的說：「我的旅遊方式不適合你們。」

行走逛晃，一條街一條小巷弄也許天天走個七、八遍，每一個轉角都充滿發現，而無論如何都在找咖啡館，能在住宿旅館附近發現咖啡館，毋寧是件幸福的事，我會天天無論早中晚的去報到，和店主人聊天，低頭書寫，聽著咖啡館的音樂，我在異鄉過著普通日子。

在馬祖，民宿主人說：「從沒有人像你們這樣馬祖一來十天。」小樽五天，函館五天，石垣島二十一天，我都感覺還不夠，對一個地方，我總是去了第一次之後才真正知道怎麼玩，該玩些什麼，我旅行去到一個地方，常想再去，還沒離開就計畫重遊。詹宏志《旅行與讀書》說過了：「我來過，我看過，我了解。」旅行是閱讀，他說，「不管哪一種閱讀，總是在旅行之後才開始。」

山海星月花樹荒原我都愛，然而，關於旅行，我想說的仍是，無論落腳何處，我心中最愛的始終都是人。我每到一個地方，與之建立馴服的關係，從此天涯海角遙繫，都因為參與了人的故事。

石垣島的舞蹈與音樂，八重山臺灣移民的歷史，熱愛臺灣的日本記者松田良孝，五稜廓的箱根戰爭史蹟，末代武士「鬼之副長」土方歲三的壯烈，小樽、函館都為之立告示、建文學館、海邊立銅像的明治時代詩人石川啄木……。在馬祖，我看《馬祖戰事》，住宜蘭南澳，我搜集整理莎韻的故事，以及高砂義勇軍。一個夏天三度去在澎湖馬公，我鎮日去到觀音亭海邊，逡巡在七一三紀念碑前，海潮聲中，一遍遍低迴與遙想。

要住多長才夠？朋友們總會問，嗯，讓我想想，我認為旅行到一個地方，總要住到能好好說一個故事才足夠。

而那屢屢被要求刪去的話題，意義其實最深重長遠。出不了門，多令人不願去想像的情節與心情，人生是一場華美似真的夢，人們在繁華時不想枯沉，可是明明華蓋必萎，空枝將至是無法逭逃的法則，「出不了門」是概括式的結論，我想到的還有逐漸衰朽病羸的過程，比之旅行話題的開心熱烈，這真是一樁聊不成的話題，那就輕鬆點吧，旅行時告別是經常，步履是瀟灑，出不了門的時刻，就當它是生命旅行的最後一段風景，但願我們因多明白一些人生實難，生死奄忽，在面對出不了門的時刻，能多一些平靜與從容。

已故的道證法師曾說：「即使明天是世界末日，今夜我仍要在園中種滿蓮花。」我和我閒聊天的朋友們，當然都遠望此境而莫及，不過，我們都記得，旅行到一個地方，離別前夕，當地的朋友總會宴請我們，或者我和友伴們也會自行安排比較特別的一餐，回到家中許久，那一夕總令人分外難忘。出不了門的時刻，在最痛苦困頓之際，尋索著心靈的跨越，或許就是生命旅次離別前夕，最悠遠的餘韻。

道證法師的話還有下一句才完整，即使明天是世界末日，今夜不但仍在園中種滿蓮花，她說她還會「以清風明月的胸懷，歌詠阿彌陀佛。」

行走、旅行、老病；日常、經常、必然，三件事看似厚薄輕重並不一，其實閒閒聊出的是三合一風格，怎樣的你，就過怎樣的日子，就會有怎樣的遠行，怎樣的生命因應。天天出家門，是自我風格，旅行，是自我風格的延伸，出不了門時應該也是，人，生與死都一如。

臺中市一景。

行走，
肌理膚觸，
是與一座城市的溫柔挲摩。

靜，考驗非常細微。

那天，上午十一點小樽開往札幌JR快速列車上的一段時空，整個第四車廂，應該只有CL的聲音響著，她說：

「小樽生活步調這麼慢、這麼舒適，那我們到八十歲都可以自己再來。」

我從沒看過鐵軌和大海能如此靠近，只有在北海道。就在小樽築港和手稻站之間，只消稍一下角度錯覺，你可以假裝海水漫湧上車窗，浪花在車軌輪軸間濺飛，那機械的鐵黑與細碎的蕾絲白。我似乎回了一定可以之類的話，她又說：

「九十歲可能也可以，不過，有沒有規定九十歲不能坐飛機？」

「啊，不會不會，我想起來了啦，我有個親戚九十幾了還坐飛機去美國———」她自顧自的說，呵呵呵笑了起來。

「她兒子一直叫她去，她其實不願意，九十幾了，誰要去一個連話都說不通的地方，但她兒子……。」

CL是我這些年旅遊的友伴，艾倫•狄波頓《旅行的藝術》說：「若和對的同伴一起出遊，那麼旅人追求的幸福和好運就更貼近一點」。第一年去石垣島，她還會在旅途中看我隨筆的遊記，翻看一下我帶去的書，第二年起，她一進旅館就滑平板直到就寢為止，唯一敢主動和外國人的對話就是去問有沒有WIFI。

平日她常會說：「就不多想啊，想那麼多要做什麼？」、「反正我也懶得再多說。」、「只要盡力了，就不必有遺憾。」、「香落去啦！」而我一直都知道的，CL含融因應人生一些無法迴身的難處，果真用的就是放下的態度。很年輕的時候，她生命中第一場重擊，曾使她瀕臨黑鬱的幽谷，是「快樂和悲傷都是過一天」這句話猛然拉住一直下墜的她並緩緩將她提升，後來，她就讓這句話消融內化成為自己的一部分。

CL嗓門不小，笑點極低，敘起事來興高采烈，聲音哇啦哇啦，她最近問我：「大家都說我有點耳背了，妳認為呢？」

如果將困難與衝突化成姿態來表達，那必然是如波、多桀、撕裂、翻攪，而人就在其中強硬碰撞搏擊格鬥，索性讓傷疤成為一枚光榮沉默的勳章，但心知肚明著，無論輸或贏，生命都難免奔突與損耗，那麼，任浪自高低，潮來汐又退，CL一貫的不爭、不辯、不纏縛，總是退一步能相安，會不會才是生命的一種大安靜？

大海與火車分離了，平平整整的北日本民屋來了，手稻過了，琴似過了，那九十幾歲的親戚死了，財產信託了幾年子女還是分了，北海道第一大都市札幌到站了。

我們來在北海道政府舊廳舍「紅磚樓」。一八六九年，明治維新政府將「蝦夷地」改名為「北海道」，開始大力建設開發北海道。一八八八年，紅磚瓦建築巴洛克式樣的北海道本廳舍順利落成，樓頂有八角塔，五稜星，後歷經火災、重建，一九六八年廳舍整修，紅磚樓完全回復最初建築的原貌，成為連接歷史與未來的橋梁。

北海道廳。

仰看北海道廳外觀，

CL説：「像不像我們臺北的歷史博物館？」

五稜星以北極星之姿照耀日本北方的夜空，紅磚樓是日本重要文化資產，北海道首府札幌的第一景點，但在我心目中，沒有任何人的導覽介紹能出CL之右。

美術系出身的她告訴我，建設北海道的這群明治時期建築菁英，全是留學英國返日，所以當初北海道的建築風格全盤歐化，後來，這批建築師，將北海道經驗，移植到日本殖民地臺灣，現今在臺灣一概被認為是日治時代建築的，比如木平房有走廊的小學，其實是英式風。她哇啦哇啦說起有一年，她跟團旅行埃及，途經路克索一排民房，團裡有人忘情呼喊：「怎麼那麼像我們的臺糖宿舍。」，「埃及曾經是英國的殖民地。」CL補充說明。英國路克索，英國日本臺灣，因此路克索臺灣，這短短五分鐘，我聯結起的是一段小小世界歷史建築篇。

仰看北海道廳外觀，CL說：「像不像我們臺北的歷史博物館」，參觀廳內部，CL說：「這樓梯這紅地毯，我們的總統府裡面不就是這樣。」

廳舍大門邊的四季池是個小森林，白楊、櫻、榆、松、杉、槭、銀杏……林相真繁多，這兒的春櫻、秋紅、冬雪，絕對可以超值人們感性美麗的想像，但這一季，北國只以清夏、以純綠，大葉小葉滿枝枒高高低低的綠著，池子的睡蓮及葉密得將水映得沉沉墨綠，蔭濃、葉多、枝低，空氣涼潤涼潤，池裡粼粼波光晃漾，被陽光折映在暗褐樹枝上明滅流動如走電，我被眼前景象驚豔得心都慌了，蹲下站起、走左走右忙按快門，一回頭，CL躺在榆樹下石椅睡去，一隻大烏鴉斂翅飛上松枝，水鴨一個微扭身，搖搖擺擺走上岸。

從不會有人將CL與靜做聯想，但有時候CL——真靜。

每一個角度都要美

1

「老師，等我換一下鞋！」慧知法師閃一下身，然後再出現，笑呵呵的相迎。在佛光山後山花園一個好視角，居高臨下如看攤開的捲軸，他先這樣帶我看藏經樓全貌。

經律，佛所宣說，藏經樓修行法門智慧如海，左臨圓滿佛道，右倚弘法僧衆，一色金黃佛光琉璃瓦，與佛光山、佛陀紀念館整體諧美，意涵貫串飽滿。佛如光，法如水，僧如田，三寶山輝煌齊備，安住於山照水映南臺灣。

一位年輕女孩拾階走上藏經樓山門，驚呼一聲「哇！」隨即拿出手機拍照。「我就是要這聲『哇！』然後讓人忙掏手機——」慧知法師轉頭這樣告訴我，他是佛光淨土的執行長，一石一瓦一草一木，孤星微月監工著藏經樓的誕生：「在這裡每一個角度都要美。」

2

美，建築意識的必存元素，當初許多建築專家給了許多重量級的建議，都讓慧知法師增廣受益，但是，美沒有絕對與定性，他最終服膺且實踐的唯一美學是，星雲大師佛教平等觀的美學。

大師告訴慧知法師，創意是你自己的喜歡，百分之一的人的喜歡，建寺的美不在於寺本身，在於人們喜歡才是美：「我不要百分之一的人欣賞，我要百分之九十九普羅大眾都喜歡。」

大師所謂的「人們」，是每一個人、每一種人，真正的無差等眾生，大師所謂的「喜歡」，怡悅之外，還要包括方便性。

原始的兩塊基地高低落差十八米，既不好規畫，地形又不對稱，大師說「是人不會用，沒有不好用的」，後來，法寶山南北梯塔可搭乘電梯，以三個平臺順依地勢盤旋而上，讓陡度柔和緩化，也恍若無言宣說著從人間法漸次提升到佛法，從親和、熱鬧、互動的人間性，次第繞轉到「如來一代時教」波瀾浩瀚的經藏教義。而集眾，才是最快的弘法的方法。

平臺不但是接引的方便法門，還可充當表演舞臺，每一階梯都是現成的座椅，本來設計的一百六十多層階梯，在大師「遊客去來要有趣，必須減少階梯」的提醒下儘量縮減，慧知法師說完工後一數才發現：「怎麼那麼剛好，一〇八階，斷煩惱。」

施工期間，大師輪椅代步且眼力不佳，仍常常要去「工地走走」，他現身說法提醒慧知法師，建築是人要用的，行走、休憩的動線相對重要，尤其對行動不方便的人。於是，從法寶廣場前兩邊如兩隻環抱的手臂般伸出二道緩坡，穩定無障礙的「讓所有不方便行走的人都能好好行走」。

兩隻手臂帶來的均衡感，加上移植來的高大的桃花心木、大大小小的植栽、參差崢嶸的奇石，彼此互不相礙的用不規則景觀，將法寶山入門那塊不對稱基地的不均衡感自然均衡了。

藏經樓左側山徑旁，有一棵破布子樹，樹下是大師常坐鎮指導工務的地方，園道規畫中因路衝原本將要被砍除，它竟然全樹發黑，決定保留後，才又青綠茂密的生長。慧知法師說：「大師眼睛都看不見了，卻還能精確指出結界所在。」

二平臺〈靈山勝會〉壁雕，自有藝術家的美學，我在藏經樓的形貌取色，看到慧知法師的細膩，建築主體採米白色、紅豆色、巧克力色，展現單一色系的樸質大方，他說時教廣場特別選用青斗石鋪地，在黑灰高貴外，還要帶有綠色的沉靜清涼。

藏經樓居高與天近，朝東面向高屏溪，視野搖轉壯闊，特別高大的山門，更顯出沉穩大氣。我問慧知法師，最喜歡來到的人怎麼形容這裡，他回說：「寧靜。」就站在時教廣場，背後的二樓有佛教三藏十二部經，他說：「不是封存書籍，這裡會讓佛學更有生命力。」

今日有雲霧，看不見遠方的中央山脈，慧知法師說天晴的時候遠山很分明，下過雨，連山上幾間房子都清清楚楚。大佛城的永瑞法師也對我說過：「過年前我們去出坡，在藏經樓打掃，看見東方中央山脈清晨的第一道曙光。」

3

這是眾人合力以成，無一環節可或缺的艱鉅大工程，慧知法師以回顧的心情看工程進行中照片，用的是「毛骨聳然」四個字，一再端詳照片日期是否寫錯了，「簡直不可思議。」他說，離完工日期剩三個月，鷹架都還未拆，竟然可以順利如期的完工！「破釜沉舟」四字，從前只是一句成語，藏經樓建寺後，每一筆每一畫他都彎身深深耕犁過。

工地的事千頭萬緒，進行過程困難百轉，曾有一度工地完全失序，那一天，沮餒萬分的慧知法師決定回寮房，他脫下僧服，默默掛好，備好面紙，盤坐床榻，他準備要翻江倒海，號啕痛哭一大場，結果，他一點都哭不出來。聽他將往事描繪得生動，我心中一陣默然，我約莫能懂，事物到達極致，言語、文字不能及，連情緒都跟不上。

來在法堂，心情不好的慧知法師坐在最末座。眾人離開時，大師叫住他：

佛光山一景。

僧尼飄然走下石階，
行經〈靈山勝會〉壁雕。

「看你心事重重。這輩子我最愛解決別人的困難，對我來說，都不是困難。」

「師父您是一代大師，有智慧，我不是。」

「你只有痛苦，我是有通路。」

「師父，我的通路是什麼？」

「那是你的事。我只能給你鼓勵。」

慧知法師不斷思考大師提點的深意，終於豁然開解。他在每天下工後的晚上七點到十二點，再加開一場主任級參加的「趕工會議」，他要各部門老實呈現問題，大家當場共同解決問題，果然，改良工法、主動幫忙調度工人、提高時間效率……，問題開始迎刃而解，當最後一片佛光琉璃瓦覆蓋的一剎那，屋頂上所有的工人都歡聲雷動。

一直到現在，當初建寺的工班們，都還一遍遍帶家人、同事回來參訪他們曾經參與完成的一場不可能的任務。

不只是自己認真盡責而已，慧知法師領會到，還要主動幫別人解決他所面臨的困難，藏經樓營築建造過程及它的恢宏完成，是工程團隊、淨土同仁、所有工班大家齊心協力的找到了通路。

為他人拔苦予樂，慧知法師說，所有事依然要回歸到佛法的本質。這次，他充分領受拜服了大師的「通路」說法。

4

隔天，我沿循昨日再訪藏經樓。佛光大道的市集、法寶廣場的街頭藝人、往來行走與休憩的人們依然，年初六，人潮退了些，僧尼飄然走下石階，有個中年人走出南梯塔，流眄四方，正在告訴他同行的友人：「喔，是依山勢建的仿唐式建築。」一對情侶在迴廊不斷移位取景，那一家三代七口人，高高低低坐在山門下階梯，一起遙望高屏溪，安靜無語如參禪，他們背後牌樓上的題字：慈悲門、般若門、菩提門，三者都是大師對人們的期許，思量斟酌，還是讓慈悲門居中最高。

這裡每個角度都要美，除卻意志還有意義。我細踱青斗石，睇看石上隱隱約約的涼綠，一抬頭，彎溪、高架車流、遠山、廣天、虛空，突然明白，慧知法師真靈敏，藏經樓的築建，原來是向天地借景，向大師取經。

散文微講堂

風格的延伸

旅行，是一個人風格的延伸。
其實每件事都是。你去過哪些地方？
除了很好玩、我去過、很美之外呢？
你如何記憶這一樁樁天涯與海角？
你得將自己放進去。
在自己與一個陌生地方之間，
也許慢一點、靜一點、空一點、少一點，
才是更牢固關係建立的方式。
那地方原本就自有它的美，我們去了，
將美拾掇起來，將自己留下來。
對旅行之地，可以先做功課，
但事實上是去過之後，功課才會做得更好。
我會在當地的圖書館或書店找資料，
也習慣隨手拿取簡介，對書寫而言，
這些資料會勝過旅遊景點介紹。

卷五・我的小心經

圖／石德華攝於馬祖芹壁

行深

自從我決定早起，手機設定鬧鐘後，發現Line中真正的早鳥有二，一是人間通訊社，一是惠中文宣群組裡的沈老大。

一、二天如此或許是碰巧，天天如此，我想就是紀律了。

形瘦，腰桿直，嘴抿，少表情，說話斬釘截鐵，他標準革命軍人的神貌，讓我照面第一眼，就脫口稱他為「老大」。老大沈正石在群組裡對話不多，每日晨起固定通報惠中文宣新聞圖文上通訊社及上報的情形，月底還做整體總量表。「報～～某某人某篇某某處刊出。」Line上他總是這樣開頭，所以他自稱是「報馬仔」。

六十好幾的人，誰能不對3C、網路心存怯意？但他日日都在電腦潮湧的大量資訊中，用一指神功敲鍵，仔細耐心做著搜尋的工作，遑說世事春夢秋雲，光是惠中文宣成立以來，少不得也有些人移或物換，沈老大爽脆俐落的報訊，緊追著新聞稿剛發生與已成昨、正進行與成記錄之間的時間隙縫，一則一則打鐵般的短間奏，結實敲打出一曲鏘鏘錚錚的變中常。更何況，他報的是別人的榮，道的是別人的喜。

看似尋常最奇崛，成如容易卻艱辛，再簡單的事，做久了，就是不簡單，越平常處，最見內裡功夫。

好像也沒太華麗的其他，沈老大烈陽下當交通義工，他說：「先盡自己的責任，沒人做，我就支援。」在道場當寮房義工，他說「要提供實際幫助」、「完成我今天該做的」就是他做事的總原則，而「既來之則安之，創造個人被利用的價值」是他投身義工行列所抱持的態度。

有一天，他看見佛光山人間大學臺中分校（原光大社大）會客室桌上，一尊六十公分高的，星雲大師的銅雕。

與大師頗有因緣、蜚聲國際的畫家李自健，於二〇〇三年和曾獲「二十世紀傑出人物成就獎」的藝術家郭選昌，一作畫、一雕塑，聯袂為星雲大師雕塑一座真人大小，加底座近三米高的青銅圓雕塑像，並複製了好幾尊，日本本栖寺、美國西來寺、佛光山傳燈樓一樓客堂等處，都可以看見大師這尊名為〈雲遊普渡〉的雕像：

以十方來十方去的瀟灑之姿，雲遊寰宇隨緣普渡，大師歡喜和氣，右手持杖，迎風跨步走來，念珠累累，袖袂逸飄，僧袍衣褶深淺迤邐自然垂墜，整尊雕像瀁煥內斂的銅金光澤，神采奕然。

因年邁，體力、腳力都不如前，無法一一滿足信徒們合照的願望，聽說信徒訪客經常在銅像旁拍照，大師曾說：「照相的工作，就由這座分身來代勞了。」

二〇〇四年一月十六日，臺中光大社大於光明學苑成立，縮小版的〈雲遊普渡〉被請來安放在會客區。銅的表面極易在空氣中氧化，銅鏽不溶於水，時間越久精密度越高，緊密附著有如一層氧化的皮膜，十餘年來，天天布擦也無法使銅像不暗黑。

沈老大沒說什麼，今年過年後，他開始平均每二天去一次，一次一小時半以上，著手擦拭大師的銅像。凡事目標為取向，他每次都先自備適當的工具，完成設定的進度才歇手，並規定這段時間內誰也不准打電話干擾他。

圖／趙志霞

使的都是聚神、運勁的內力，

精密專注度全開，

沈老大和星雲大師面對面的每一當下，

世界柔焦糊褪，

只剩眼前。

「這事，只有軍人才知道怎麼做。」沈老大說，他仿清潔、潤滑、調整、旋緊軍中保養皮帶銅扣的SOP步驟，以小起子的針剔銅綠，以一百五十號紗紙細磨、以小鋼刷輕輕括刷，以牙刷除淨縫隙，以銅油慢慢拭亮，不但牙刷換去無數枝，為了讓大師身上那串念珠顆顆分明，那小起子的針都用鈍了。

全是細部微處的工夫，使的都是聚神、運勁的內力，精密專注度全開，沈老大和星雲大師面對面的每一當下，世界柔焦糊褪，只剩眼前。然後，你現在進去人間大學臺中分校，一轉彎瞥目會客區，眼睛可能會被素白牆邊那一尊金亮的銅雕閃到，星雲大師笑呵呵正迎面——眼，亮著，眉，清晰，容顏，飽滿勻和，衣褶歷歷，衫襟分明，那跨步的足履恍如能生風。

你說老大「當下承擔」，他也許會面無表情，他只用自己的說詞：「我能做的事我就做。」妻子說沈老大一向性子急，說話不知婉轉如射箭，但這些日子，老大的笑容變多了，前二天出門溜狗，和別人險些有衝突，從前必然是槓上的，這次，他靜默的走開。

目前沈老大仍一週一次去為大師銅像做保養工作，棉布沾銅油，給銅像上油，棉布汙髒了，換用面紙再擦拭，直到面紙拭過，紙面潔白如新為止。他會做多久？這份工作，我知道，他會永續。

簡單到了極致，就是純一，對沈老大而言，沒什麼複雜麻煩的，信服無非就是一片心。而「行深」二字，自然有它更高明的詮釋，我是國文老師，這次我簡單看它是：行，動詞，深，副詞。行深就是，做好自己能做的事，工深，日深。

遇見

後來，我看世事人情，開始有些不同，自從我懂得除卻世間法，觀照蒸騰紅塵的面向，還有那同一空間，向度高度並不同的佛法之後。

在生命一個特殊的時空，我痛苦的極欲對生命求解：世間沒有公平的取與付嗎？使盡全力並不能帶來真正的護守？死亡究竟是如何，那麼生命的真相是什麼？這樣多的不解與困惑，安頓身心的初起力量我從抄與讀《心經》開始。

這些年來，從前執著的已不那麼泥固，很多事我都明白了當初並沒做到最好的處理，從前過不去的心情逐漸知道那是自我欠缺，我想，總之過去我曾活成了一個現在的我會搖頭苦笑的人。

改變有如叢林細水，如此漸進穿越而涓細無聲，很明顯的不同倒是有些經典老書，我重新讀出新體悟，比如《紅樓夢》、《小王子》、

《流浪者之歌》，比如，我遇見的一部影片。

二〇〇七年十一月首度於臺北上映，這影片並不新鮮了，不過，當時書籍及電影都獲得許多迴響。

原著《Way of the peaceful warrior——a book that changes lives》是三十幾年前出版的半自傳體心靈小說。作者丹・米爾曼在二〇〇六年，從原著精選一百篇關鍵文段，予以說明箋注，再撰寫成一本《在深夜加油站之後：蘇格拉底如是說》。

這書籍改拍成的電影就叫《深夜加油站遇見蘇格拉底》。

中譯的片名很新鮮，有時間有空間有名詞有動詞，算是個文法完整的句子。

我朋友講過一個笑話：有個男生載女友到加油站加油，等待中一不小心安全帽掉落地上，他對女友說：「我去撿安全帽，你幫我加油一下。」當他去撿安全帽的時候，女友認真的拍手吶喊：「加、油！加、油！加、油！」

這笑話現在早就冷了，但十多年前我初次聽到，有二、三年時間，總是一想到就忍不住大笑。「加油」兩字，用的是歧義雙關，文學修辭。

深夜加油站遇見蘇格拉底，也真的很文學。

蘇格拉底，象徵愛丟問題讓人思考的智者、哲人、教師。

深夜，潛意識的顏色、夢的搖籃，最是瞞不住真實自我的幽祕時刻。

加油，心靈的真氣灌注。

加油站，那是個你自己最知道何時缺乏，會主動尋去的地方，在那兒，加滿油，能量充滿、安心啓動。

和我朋友那則笑話一樣，這片名處處歧義雙關，連「遇見」這兩個字都是。電影從男主角丹．米爾曼在加油站遇見老者蘇格拉底拉開序幕，不知道是誰說的這句話「當學生就緒了，老師自然就會在那兒」，當你自覺綑縛窒礙很想透一口氣，很渴望找回一份清涼平靜，足以啓迪你的那個人、那件事、那個指示或隱喻，自動就會出現。擁有很多世俗榮光的丹．米爾曼，發現自己找不到真正的快樂，他才能不錯過在加油站工作的蘇格拉底。

一如儒家的「不憤不啓，不悱不發」，如果不是你真心想求解而不能，老師就不想開導觸發你；若不是你內心先有困惑掙扎，怎樣的千載難逢你都會輕易錯失。

我在網路上看到的這句話，也和電影情節Match到天衣無縫：「一個師父，是一次死亡。當我們靠近一個真正的師父時，我們的內在會產生革新、蛻變、超越，古老的根深柢固的自我便會死亡。」

而透過影片我的體會是，人世間每遇見一片好山水、一個好的人、一次精進的學習，都足以令人產生今生不虛的驚喜，但任何繽紛的相遇，應該都比不上自己與自性本心的相遇。

那自性本心是什麼？我想，它是惠能的本來無一物何處惹塵埃，如果這對凡夫的我們而言太玄高了一些，姑且或約莫，我會當它是時時勤拂拭的澄澈的明鏡臺。

而孟子惻隱之心、羞惡之心、是非之心、辭讓之心的人性本善，姑且或約莫可以算是。

還沒滲浸恩怨、愛憎、主觀、自私、駁雜、邪惡的，一顆光明純真自然的心，也姑且或約莫可以算是。

為什麼只是「姑且或約莫」？因為佛家指的「自性本心」沒在看這一期生命而已，經過生生世世的流轉，我們初始的本心早就累世隨業不再清明，如果你一定要個明確的答案，我可能會說，那未經流轉之前每個人最通透靈明的本性叫——覺心，佛性。

最美好無上的相遇是，與自己的覺心、佛性相遇。我聽到你在說「我怎麼可能？」

當然不可能，但很久很久很久之前，你真的本然如是。只要自己的塵垢滌淨，覺性就升起，這真是不難的甚難。

不能將話題扯遠，我自己都沒很懂自性本心，我只是確知，《深夜加油站遇見蘇格拉底》電影就是丹．米爾曼這位體操高手，探索內在、自性覺醒成為和平勇士的過程，一樁關於覺知與修鍊的故事。從前我當它是逆轉勝的勵志電影，後來，我才懂，它是禪宗，是修行。

《深夜加油站遇見蘇格拉底》的情節，原來竟是一層又一層的修鍊引領，後來，我也才懂，這部電影片名本身就可以提供思索，佛教經典的書名通常就是一部經或論的靈魂，了解書名對這部經典會有明確的概念，九句說妙，《妙法蓮華經》的「妙」字，當初佛陀解釋了九十天。

在寫實片名的歧義處恍悟微妙真理，我當做自我成長的一份發現、一些明白、一樁遇見。

倒立

1

丹・米爾曼非常不快樂。明明他擁有一切世間的追尋。富二代、功課體能俱優、一群死黨哥兒們、女孩子投懷送抱、校園迷人的風雲人物、出色的體操選手，認真進取，渾身意志力、戰鬥力的菁英份子。

他到底還缺什麼，以至擔心恐懼到夜不成眠、夢魘連連？

我曾讀到謝錦桂毓《作自己是最深刻的反叛》中的一段文字。衣食無缺、博物館美術館、下午茶、做志工、也會從事點公益慈善的人，卻仍會空虛不快樂，因為在「身」、「心」之外，人還有「靈」；人性除卻色身的感性，道德的理性之外，還有靈性，而「人不會因為物質豐盈就多點靈性，幸福卻更容易使靈魂因陶醉而沉睡」。

我自己深切注意的是，電影海報、DVD封面、電影兩分十一秒到兩分二十五秒畫面。那不過是丹．米爾曼吊環的訓練動作，但對我而言，那可就是全篇的綱領要旨了——倒立。

倒過來的世界反而更清楚。

如果什麼都不缺，明明是人生勝利組了，卻怎麼都不快樂，那麼，倒過來看看，倒過來的世界也許更清楚，從繽紛的世間追尋，倒過來看。

那麼，倒過來的世界會是怎樣的世界？

佛陀起初不願出來說法度生，他說：「我說證悟的道，和世間人所認識的是相反的。」

相反的，世人VS佛陀，世間法VS佛法。

從佛法這邊看，世間法是個倒過來的世界，是夢，是幻影，於是《心經》說，遠離顛倒，遠離夢想。

2

正面看與倒過來看，這相反二邊，謝錦桂毓放的是感性理性與靈性；《心經》放的是有與空；《深夜遇見蘇格拉底》這部電影放的是凡常生命與和平勇士之道。他們只是名目不同而已。

光只有一種，燈卻有數盞。

人生明明有血有肉有汗有淚、有情有愛有怨憎有背離，恍若永不落幕的豐富情節次第演示不停，這一切明明就是「實」，就是「有」，你來教我，到底要從哪個角度看才是「空」？

禪宗，是我對《深夜加油站遇見蘇格拉底》這部電影的定調，佛理四處流動穿透。

影片中這一群好哥兒們，爭風吃醋、勾心鬥角，縱情在男歡女愛中，丹．米爾曼開始問女孩：「沒有這樣的體格，你還會迷我嗎？」然後，一場車禍讓這個頂尖的體操選手，雙腿粉碎性骨折，高峰陡落。事情總在你以為就是這樣的時候（住）開始產生變化（異）。住與異，必然的過程；生到滅，人心理的痛苦。

不只住與異、生與滅，比如夢與覺、真與幻、窮與達、苦與樂、生與死、變與常……都是二元對立現象，佛法常是兩面觀看，逡巡浸潤兩造，然後超越而上，從倒立的角度，給出最根本的答案——「空」義。

兩邊，倒立，相反的世界。

對前程似錦的體操選手而言，那場斷腿車禍，真是丹生命中張力最是空前的二元，富貴修行難，痛與苦，容易讓佛理走近，讓人對生命的領悟變得較深邃。丹根源性的問題，根本無法從世間法找到答案，他勢必要真正站過擁有一切及一無所有之境，再從二造盪高超越，倒立，去找到自性本心的覺照。

丹真的擁有太多，其中最固執的擁有是「我」。我什麼都懂、我要贏、我要突破、我要奪金，「空」正是因為「有」才能成立的，所以影片中蘇格拉底告訴掉落谷底的丹：「勇士的第一層體認是——放空。」刪去個人小歷史，自我消融。

3

得志過、風發過、擁有過、冤屈過、與死近過、鬱深過、孤絕過，人生風雨終會走過，生命短促何足憂傷？倒立，一世所經歷的憂喜順逆無非一場夢幻，我們都身在夢裡不知夢，而無止盡的生死流轉中，我們其實也從未真正死去。

流浪者看出釋迦牟尼佛有一股特殊氣質，連問三個假設：「你是勇士嗎？」、「你是魔術師嗎？」、「你是國王或智者嗎？」都獲得否定的答案，流浪者不死心再追問一句：「那到底什麼原因讓你跟其他人不一樣？」

佛陀回答說：「我是清醒的。」

於是，在遲到許多年之後，我好像才真正明白另一個人的心情與細訴。那個人叫蘇東坡。

四十七歲的蘇東坡，在黃岡赤壁圓月江水下，廣天闊地峭嶺斷崖前，做出個人生涯最漂亮的一個倒立。

4

然後，我很想說這個體操選手倒立的故事。

我在電視談話節目看見一位叫林育信的人接受專訪。他說自己年少時是傑出的體操選手，因家貧無法再練體操，便混跡黑社會，過著今天被人家堵到，明天就去堵人家的日子。有一次他得罪一位老大，只好倉皇離開家鄉，跑路期間在臺中體專（今臺灣體育運動大學）對面興建中大樓擦樓梯鋼管，剛好可以看到一群學生穿運動服在操場跑步，那時工地有很大的落地窗尚未裝上玻璃，他就在高樓上倒立，這樣才不會讓眼淚流下來，他在心裡想：「我怎麼讓自己的人生顛倒了？」

然後，他回家鄉，擺桌向那老大道歉，重練體操，考上大學繼續學業，代表臺灣在亞運會奪得體操銀牌。

《翻滾吧，阿信》導演林育賢拍的就是自己哥哥林育信的故事。

一個倒立，從走岔的歪路翻回正途。

倒立的方法不拘泥，林育信用的是，將顛倒夢想再顛倒。

神通

1

「你是怎麼上去的？」

「剛才玩什麼把戲？」男主角丹．米爾曼不可置信的問。

屋頂有十、十二尺高，人的垂直跳躍頂多四、五尺，丹向加油站老人蘇格拉底買了東西，走出加油站幾步，一回頭，正確的說應該是才十五秒，蘇格拉底已站在屋頂上。隔天半夜三點，丹再回去追問：「告訴我，你怎麼辦到的？」

這是《深夜加油站遇見蘇格拉底》電影的經典畫面之一，蘇格拉底到底怎麼辦到的？

忍術、俄羅斯格鬥武術、巫師、幻術、神通……？

2

真人實事改編的電視劇《通靈少女》，在國際頻道播出，搬演著臺灣本土的故事，整個臺灣社會的確存在出乎想像之多的靈學門派，他們各有尊崇、理論、方法，也都有一些無法解釋的神祕事蹟。有位修習的朋友對我說，廿一世紀會有更多通靈能感應的人出現，而人人身上都有這種潛而未發的能力，她說。

賈伯斯罹病之初，也找過靈媒，我身邊不乏靈異體質的朋友及他們感應的故事，我自己好像也多少有過一點直覺成真，以及幽祕卻不足為外人道的神祕經驗。有一本書名叫《生死習題——人生最後的必修課》，作者羅尼·史密斯於全美指導內觀禪修，並且是安寧病房的專職工作人員，他在第一章就大談在安寧病房發生的各種神祕經驗。

3

佛陀的弟子和孔門弟子一樣，各有神貌與專才。一弟子目犍連，除了著名的「目連救母」之外，號為神通第一，他悲憫被敵人殘酷屠城的子民，便用缽盂盛載幾百個百姓，展現神力，飛躍城外，但當他到了安全處所打開缽盂一看，所有百姓都已化為血水。

目犍連最後是被盜匪打死的，他的神通並沒有用在救自己脫險，佛陀面對自己的族人將被滅族的驚悚事實，也沒有展現什麼神力，只有悲痛的接受。

那麼，神通並非只是常理的顛覆，漫無邊際的不可思議而已，它的背後似乎隱約仍有邏輯。

以佛陀與目犍連的故事來看，佛理將那更高更遠更大的邏輯稱為「因緣」，每個人都自有個人的因緣，而神通不敵業力。

但我自己更加體會到的是，所有的不可思議都在對人類的認知做超越，粉碎我們對這個世界秩序的正常了解，喚醒我們宇宙間有比現有更大的東西存在著。

神祕，打破既定。生命層面比我們可以想像的，還要深廣。

4

不過，《深夜加油站遇見蘇格拉底》躍上屋頂這一幕，鎖焦在形式的重要。

蘇格拉底這樣回答丹的問題：「不這樣，你怎麼有可能會再來。」打破既定，以讓人保持興致，博取注意力，是很簡潔的行銷手法。

凡夫，根器如此魯鈍，佛法，世間難信之法，僅就此一層面來說，沒有舍利子、坐缸、肉身不壞、放光、分身、神蹟、感應、各種道場、大型宗教活動，「你怎麼有可能來」，不得不承認，太多人易被虛幻臣服，越金碧輝煌的耀澤，越能織造被崇敬的光芒，你我不也很容易被美麗吸引？人是不同的，心選擇的信靠也不會相同，持戒簡約或數大便是美，都是一種選擇。

禪宗主張不立文字、不崇拜偶像，依然留下經典，六祖惠能的真身，依然是廣東南華寺的鎮寺之寶，千年受人膜拜，民國初年有位在世一百二十年的奇僧虛雲和尚，深切感知人生無非夢幻一場，即便道場佛事也不過都是「水月道場、空花佛事」，但是他一生總共整頓包含南華寺在內的八十幾處道場，只因為形式外相也是重要的，如果不以「相」呈現，如何令人起敬畏之心，「人心若不敬畏，無惡不作。」

所以，神通原來也可以看作是一種方便，但卻不成為教理，不足成為中心思想，它是末不是本。懂神通的人要獲得的真正快樂，恐怕仍來自去貪、去嗔、去癡、去妄念、正見、能付出等和諧的人際關係，神通本身應該無法帶來真正的快樂。

5

現實生活中的丹．米爾曼，被問次數最多的一個問題是：「真有蘇格拉底這個人嗎？」

蘇格拉底的神祕色彩著實令人著迷。

蘇格拉底可以看做是一個綜合體，那是現實生活中丹遇見好幾位心靈老師的綜合體，他書寫時以俄羅斯籍老師蘇格拉底為主體，就像「到底真有神通嗎」一樣，也許世上有些東西，比真假更重要。在原著裡丹寫道：「蘇格拉底也好，丹．米爾曼也好，通通無關緊要，我們不過是象徵和路標。」

影片最後，蘇格拉底離開加油站，丹再也沒見過他，但是蛻變後的丹認為，蘇格拉底從不曾離去，他不過是改變了，「他是頭上的榆樹，他是雲朵，是鳥，是風。」

生命中帶給你正向改變的，都是不可思議的魔法神通。

規則

1

有時要顛倒看，那人生會不會是我自己太過認真的一場迷夢？A型，天蠍的我，會不會總是太沾戀，太固守，對世事，常沒學會橫跨一步，成詩，而詩留白的空間才大得多。

2

所以，《深夜加油站遇見蘇格拉底》這部電影，讓我收獲最多的就是蘇格拉底帶丹一起登山這一段。

蘇格拉底叮嚀過，要學這門功課一定要堅強，脫胎換骨後的丹，因腳傷仍被拒絕返回吊環之上時，他難免沮喪萬分。

「上吊環做你熱愛的事。」蘇格拉底說，但奪金才是丹唯一的夢想。

「參不參加你還是獨一無二的人。」蘇格拉底說，但丹說體操是他最早確定自己要做的事。

於是蘇格拉底約他爬山，說有個地方從他第一眼看見丹就想帶他去，去那兒一定能讓丹大開眼界。

一路行走上山。智慧要親身體驗，要行。

走了三小時，抵達山頂，丹一心以為會看見新鮮不凡的事物，結果只是尋常景色，蘇格拉底撿起腳邊一塊平凡無奇的石塊，對大失所望的丹表明，自己從來不知道，也沒猜中過會看到什麼，接過平凡石塊的丹終於深思體悟到，這趟路本身就是開心的泉源，目的地並不重要。

所有的夢想追尋也一樣，包含和平勇士的訓練在內，蘇格拉底對丹的訓練並非在塑造一個成功的和平勇士，而是讓丹一直走在往和平勇士的路途上。

只在途中，沒有完成；生命也是一個過程，而不是產品。

一路走向峰之絕頂，蘇格拉底和丹對談到生命無可更改的三項遊戲規則：

矛盾、幽默、改變。

要嘛你選擇退出，加入就得遵守遊戲規則，遊戲者對規則只有臣服、接受，不抵抗。

3

矛盾，不相抵的存在。

明明人身難得，卻又讚嘆一朝風月。心裡想像的美好，通常建築在不愉快的現實。凡情不礙聖智，聖智不礙凡情。這世間空與有等重，空的前提必先有。世間存在如此真實，一切卻又如此虛妄。隱士通常是個激烈份子。光與陰影。悲傷與將日子過好。喜歡人的氣息卻也喜歡獨來獨往。這是個最好的時代，也是個最壞的時代。專注於當下，當下已成為過去。和平與勇士，似乎也相對立，而和平勇士並非常勝不敗刀槍不入，脆弱是他唯一的勇氣。

日常生活處處都有矛盾，人生真是一道謎，謎底是不必苦苦尋找答案。

「自嘲」，丹這樣定義幽默，在書上，蘇格拉底說得更明白——以超然的眼光來看待眼前事物，別將生死、自我或整個世界看得太嚴肅。

而蘇格拉底教人找回幽默感的方法是：「從無限空曠的億萬旋轉銀河的角度來看，我們會找到應有的態度來看待水管漏水或感情困擾。」

中國有位文學家運用的也是同樣的觀點。西元一〇七八年，宋朝蘇東坡在密州北城築高臺，這臺高而安，深而明，夏涼而冬溫，弟弟蘇轍為此臺取名為「超然臺」，蘇東坡的〈超然臺記〉於是探究人們常會悲傷煩惱的原因，而有了這樣的文字：

「物非有大小也，自其內而觀之，未有不高且大者也。彼挾其高大以臨我，則我常眩亂反覆。」 人們太貼近甚且置身在眼前事物之內，這事物就高聳龐巨得像怪獸一般威脅你，他在說，一切你認為過不了的關口，都沒有想像中巨大，它們之所以干擾你，全都只因為，你所站的地方。

超然，那要超越到多高才然？

蘇東坡說，心別被困住，跳脫出來，感覺快樂。

蘇格拉底則用整個宇宙的大垂臨。

佛家用的是幾世幾劫的觀點。

我朋友說，一生七八十年，可以壓縮成告別式上十分鐘的影片，那麼所有瑣瑣細細的恩與怨不就更微小了？

關於幽默、高度，關於世間所有難為，我都開始告訴自己：輕、鬆、點。

有一隻叫負蝂的小蟲，在牆上行走不歇息，遇到物就拿就揹，小小身軀被壓得隱沒去了，幾度從牆上跌落，牠還再拿還再揹，多像我化不去的濃稠感性與藏深負重的衷情。

於是我練習留白與橫跨；習性的修剪，生命的改變。

記得女兒結婚前，我和她整理舊物，這個可丟，這個再留，母女倆一起掂掂掇掇，年輕女孩比我難捨，小時候的舞衣、芭蕾舞鞋、小衣、小帽，要留，物品照片只要想得起故事的，都留，女兒拿著一幀大合照相片端詳許久意有戀戀，那照片裡有業已辭世的阿公阿嬤和她熟識的親戚族人，她媽媽是坐第一排中央披白紗的新娘，穿西裝別紅花的爸爸好喜氣好年輕……

她還捨不得的就全讓她留，留到有一天，誰捨得丟誰丟。一個才剛要成家的女子，幸福的想望這樣近，舊有的美好是她封存著也堅持要帶去新家園的奠基石，一個才要開始數不盡嶄新擁有的新嫁娘，可以先別告訴她關於變之恆，有一天，讓她自己去明白微悟，載浮載沉在時光的波流，越不掙扎越流順。

4

平心接受矛盾。

輕鬆一點、玩味一些看人世。

擁抱改變，毫不抗拒。

蘇格拉底說：「我們越能接受矛盾、幽默和改變，就更能巧妙地載浮於現實的流水之上。」

於是我練習留白與橫跨：
習性的修剪，
生命的改變。

然後

1

然後呢？

杜麗娘情之所至，死而復生，皇帝作主，全家團圓，真個賞心樂事柳、杜二家院。

小王子回到六一二星球，玫瑰花還在玻璃罩裡，火山也安好，日子會過得和以前一樣嗎？

三島由紀夫體悟既然人生有限，只好尋求永生，然後，他率領「楯之會」的幾個成員進攻侵入自衛隊總部，發表宣言，悲壯的切腹自殺。

才華燦爛，聲名斐然，弘一法師曾是中國文人際遇的極致，然後，他在臨終寫下「悲欣交集」四字，清　身、舊色僧衣、破草履，以右側吉祥臥姿躺在開元寺養老所狹小房間的木板床上，溘然長逝。

讀《紅樓》的人都會承認這一段必是《紅樓》不朽畫面：

驟然下起雪的冷天，清靜的水岸，賈政獨坐在泊岸的船艙中寫家書，寫到寶玉的事，便擱下筆。抬頭忽見船頭上微微的雪影裡站著一個人。雪還下著，世界一片白茫茫。

他凝目再看，那人光著頭，赤著腳，身上披著一領大紅猩猩氈的斗篷，雪地裡向賈政倒身下拜。賈政急忙走出艙，想問是誰？那人已拜了四拜，起身問訊。賈政迎面照見，竟是寶玉。

寶玉，是你嗎？賈政追問，寶玉，是你嗎？為什麼這樣打扮？為什麼在這裡？

突然雪地裡走出一僧一道，左右挾著寶玉，轉身飄然離去，一句「俗緣已了，還不快走」迴音似的飄空。雪仍下著。

急急追上前的賈政雪地裡滑了一下，雪花落白了他的髮鬚，腦中快速閃現他與寶玉一生父子的種種，細雪紛紛，天地一片蒼茫，寶玉遠去的亮紅身影變小、消失，留下一片白茫茫大地真乾淨。

寶玉這一趟世間，為的是下凡「歷劫」，嫵媚風流、驚天動地一場，然後，一揖親恩，他出家了。

然後。

多奇妙，這兩字變成生命的輕巧過渡，盛載前情的豐富迂深，對人世的種種體驗，便輕巧銜連到一個簡約的總結。

2

然後呢？

蘇格拉底存在在每個人的身邊，等著與準備好的你相遇。那丹．米爾曼呢？

從此一切都圓滿快樂吧？

悟後起修的人，不會再有痛苦煩惱了吧？

電影裡的丹擺脫世俗的價值，讓自以為是、生活漫不經心、常感到害怕的自己徹底死去，他對愛情懂得等候與真心，他甚至能冥想靈視，對吊環體操，他已經體會到「腦、心靈、身體的和諧運作，做動作的人消失了，剩下的只有動作和流暢的韻律」，哪裡還有金牌與掌聲的位置？他去做，只因為喜歡，只是因為熱愛，就是如此簡單。當然，他的擁有不會再讓他在夜裡做惡夢。

電影都需要讓所有的鋪陳並轉折，蘊蓄成一個概括結局，圓滿Ending。

但原著寫著真實生活裡的丹，仍然有氣惱、有犯錯、有迷失，悟後起修之後，他的人生照樣有解不開的難題，但難題不再占據重要的位置，「像倒在山路邊的樹木，跨越之後就可以嗅空氣、深呼吸，發現葉隙灑下閃爍的陽光」，他說，「是你與難題之間的關係已經不同」。

付帳單、修剪草皮、洗衣服，他和妻子喬伊的日常生活一如旁人，和別人不同的是價值觀、生命重點和感性能力，他們會比鄰居們多一分覺悟、輕鬆、服務的態度，以及比較寬廣的生命視野。

這就是丹．米爾曼的然後。

也是所有悟後起修的人的然後。

3

我深切扣問生死，渴望明白，《心經》就這樣來到我的身邊。如果人走在終需一死的路程，我想我很需要一種態度安然走完我的餘生，佛法，讓我在生活中多了一種選擇。

然後，日子的確有些不同。

我看見自己跑岔的心念常會被拉回正軸，雖然習性的改變，真像是月光下漲潮的潮汐，沖上來一拍，退後兩拍，再沖上一拍，但就像丹．米爾曼認為開悟像漸漸調整亮度的旋鈕那樣，先是調亮，接著調暗，然後又調亮一樣，時間一久，會有越來越多的亮光注入心靈和心智。

電影的一小時十七分〇九秒，小酒館，蘇格拉底喝酒、抽煙。不是需守戒律嗎？丹為眼前這一幕訝異不解，蘇格拉底說：「沒有誰比誰更好，也沒有誰比誰更差，問題出在習慣。你只要了解自己的抉擇，對自己的行為負責就好。」

了解自己抉擇的人，不會在守戒或破戒之間迷惑，沒有誰比誰更好，也沒有誰比誰更差，問題出在習慣。

走失了一隻羊，大夥亂轟轟尋找，一到分歧的路，就得面對兩條路的選擇，就這樣加入的人越來越多、分歧的路越來越紛亂，羊，就這樣永遠亡失不復返了。

不迷亂，了解自己要的，做出選擇，在其中成為習慣。

這應該是我人生「然後呢」的最佳解答。

4

然後，我一直走往寧靜單純的路途，毫不遲疑，真愛陽冥無界，始終注入我生命給我無比壯大的力量。走過民國一百年五月七日，我一個軀體負載兩個人的靈魂，生命比誰都來得富厚，將來在生命將盡的那一刻，我希望自己也能雙手握住此生最愛的人，雖有眷戀但毫無遺憾，在生有苦辛亦多歡樂的今生記憶裡，悲與欣滲漫交集，安靜離去，一如在我眼前的他的離去。

不知多久我沒買咖啡了，六年或七年？朋友們知道我喝咖啡，耳掛包就滿在我家小格櫥裡，這事恍若我整體生活的小隱喻，然後，然後還有什麼好說呢，將今生每一樁任務的順接承擔，當做對因緣最虔敬的合十。

然後，我仰頭看星星，心底會微笑。

圖／石德華攝於臺中菩薩寺

散文微講堂

一層一層拉開抽屜

我看佛教六祖惠能的故事，一定停一下，
深想五祖當時傳缽的處境，覺得他的光芒沒少於六祖。
我看《小王子》第二十章、二十一章，
不會只看見狐狸、小王子，以及馴服的教導，
我也會停一下，深想五千朵玫瑰應該慚愧嗎？
一個木頭四角體，看起來是一密實整體的存在。
靠近一點看，原來有隱形凹槽，
可以一層一層拉開抽屜，它是木櫃子。
層次。這是一個閱讀者或書寫者第一時間要養成的習慣，
將文章整理出層次，像一層層拉開抽屜。
《深夜加油站遇見蘇格拉底》整體看是一部逆轉勝的歷程，
但電影的兩分〇八秒到十四分三十秒，
我拉開一個抽屜叫倒立，
電影的三十分四十七秒到三十四分〇五秒和四十四分五十秒到五十三分〇〇秒，
我看見心智的專注叫當下，
電影的……連片名也是一個抽屜：生命中最好的遇見。

國家圖書館出版品預行編目資料

火車經過星河邊／石德華著；　初版.　臺中市：晨星，2017.08
288面；公分.——（晨星文學館　；056）

ISBN 978-986-443-297-4

855　　　　　　　　　　　　　　106011180

晨星文學館 56

火車經過星河邊

作者　石德華
主編　徐惠雅
校對　石德華、徐惠雅、沈詠潔
美術編輯　王雅慈

創辦人　陳銘民
發行所　晨星出版有限公司
臺中市407工業區30路1號
TEL：04-23595820 FAX：04-23550581
E-mail：morning@morningstar.com.tw
http：//www.morningstar.com.tw
行政院新聞局局版台業字第2500號
法律顧問　陳思成律師
初版　西元2017年8月30日

郵政畫撥　22326758（晨星出版有限公司）
讀者服務專線　04-23595819#230

定價380元
ISBN 978-986-443-297-4
Published by Morning Star Publishing Inc.
Printed in Taiwan

◆讀者回函卡◆

以下資料或許太過繁瑣，但卻是我們瞭解您的唯一途徑，

誠摯期待能與您在下一本書中相逢，讓我們一起從閱讀中尋找樂趣吧！

姓名：＿＿＿＿＿＿＿＿　性別：□男　□女　生日：　　/　　/

教育程度：＿＿＿＿＿＿

職業：□學生　□教師　□內勤職員　□家庭主婦

□企業主管　□服務業　□製造業　□醫藥護理

□軍警　□資訊業　□銷售業務　□其他＿＿＿＿＿＿

E-mail：＿＿＿＿＿＿＿＿＿＿＿＿　聯絡電話：＿＿＿＿＿＿＿＿＿＿

聯絡地址：□□□＿＿＿＿＿＿＿＿＿＿＿＿＿＿＿＿＿＿＿＿＿＿＿

購買書名：火車經過星河邊

・誘使您購買此書的原因？

□於＿＿＿＿＿書店尋找新知時　□看＿＿＿＿＿報時瞄到　□受海報或文案吸引

□翻閱＿＿＿＿＿＿雜誌時　□親朋好友拍胸脯保證　□＿＿＿＿電台DJ熱情推薦

□電子報的新書資訊看起來很有趣　□對晨星自然FB的分享有興趣　□瀏覽晨星網站時看到的

□其他編輯萬萬想不到的過程：＿＿＿＿＿＿＿＿＿＿＿＿＿＿＿＿＿＿

・本書中最吸引您的是哪一篇文章或哪一段話呢?＿＿＿＿＿＿＿＿＿＿＿＿

・請您為本書評分，請填代號：1. 很滿意　2. ok啦！　3. 尚可　4. 需改進。

□封面設計＿＿＿＿　□尺寸規格＿＿＿＿　□版面編排＿＿＿＿　□字體大小＿＿＿＿

□內容＿＿＿＿＿　□文／譯筆＿＿＿＿　□其他建議＿＿＿＿

・下列書系出版品中，哪個題材最能引起您的興趣呢?

臺灣自然圖鑑：□植物 □哺乳類 □魚類 □鳥類 □蝴蝶 □昆蟲 □爬蟲類 □其他＿＿＿＿

飼養&觀察：□植物 □哺乳類 □魚類 □鳥類 □蝴蝶 □昆蟲 □爬蟲類 □其他＿＿＿＿

臺灣地圖：□自然 □昆蟲 □兩棲動物 □地形 □人文 □其他＿＿＿＿＿＿＿＿

自然公園：□自然文學 □環境關懷 □環境議題 □自然觀點 □人物傳記 □其他＿＿＿＿

生態館：□植物生態 □動物生態 □生態攝影 □地形景觀 □其他＿＿＿＿＿＿＿

臺灣原住民文學：□史地 □傳記 □宗教祭典 □文化 □傳說 □音樂 □其他＿＿＿＿

自然生活家：□自然風DIY手作 □登山 □園藝 □觀星 □其他＿＿＿＿＿＿＿

・除上述系列外，您還希望編輯們規畫哪些和自然人文題材有關的書籍呢?＿＿＿＿＿

・您最常到哪個通路購買書籍呢? □博客來 □誠品書店 □金石堂 □其他＿＿＿＿＿

很高興您選擇了晨星出版社，陪伴您一同享受閱讀及學習的樂趣。只要您將此回函郵寄回本社，我們將不定期提供最新的出版及優惠訊息給您，謝謝！

若行有餘力，也請不吝賜教，好讓我們可以出版更多更好的書！

・其他意見：＿＿＿＿＿＿＿＿＿＿＿＿＿＿＿＿＿＿＿＿＿＿＿＿＿

晨星出版有限公司 編輯群，感謝您！

請填妥對折裝訂，直接投郵即可，免貼郵票

廣告回函
臺灣中區郵政管理局
登記證第267號
免貼郵票

407
臺中市工業區30路1號
晨星出版有限公司
電話：04-23595820　傳真：04-23550581

請沿虛線摺下裝訂，謝謝！

晨星自然回函有禮，好書寄就送！

只要詳填《火車經過星河邊》回函卡，內附60元郵票（工本費），寄回晨星出版社，自然文學好書《行走林道》馬上送！

定價：180元

晨星自然

天文、動物、植物、登山、生態攝影、自然風DIY……各種最新最夯的自然大小事，盡在「晨星自然」臉書，快點加入吧！

晨星出版有限公司 編輯群，感謝您！

晨星出版官網